Cocktail Kiss Label

天狐は花嫁を愛でる

伊郷ルウ
Ruh Igoh

この物語はフィクションであり、実在の人物・団体・事件等とは、いっさい関係ありません。

Contents

イラスト・明神　翼

天狐は花嫁を愛でる

第一章

古びた和室に敷いた布団でふと目を覚ました山吹裕夢《やまぶきゆうむ》は、あり得ない光景を目にして跳び起きた。

「なっ……」

思わず息を呑んだ。

枕元に目を瞠《みは》るほど端整な顔立ちをした男が、片膝を立てて座っているのだ。

「だ、だ、だ……」

あまりの驚きに言葉が続かない。

三十代前半といったところだろうか、ブロンドに近い明るい茶の真っ直ぐな髪は肩に触れそうなほど長い。

真っ白な長袖のオープンシャツに、黒いパンツを合わせていて、素足が覗いている。

身体はすんなりとしていて、立てている膝の高さから、かなりの長身とわかった。

「ようやく目を覚ましたか。ついにこの日がやってきた、そなたを花嫁として連れて行く」

静かに立ち上がった男が、片手を差し伸べてくる。

パジャマ姿で剥いだ上掛けを掴んでいる裕夢は、驚愕の面持《おもも》ちで男を見上げた。

いったい、この男はなにを言っているのか。男の裕夢に向かって「花嫁」とかあり得ない。

そうとう頭がいかれているようだ。この場をどう切り抜けようかと頭をフル回転させる。

早朝から自宅に上がり込まれていては無視できるはずもなく、とはいえ大声をあげて逆上されたのではかなわない。

なにより問題なのは、家には裕夢ひとりきりで、誰にも助けを呼ぶことができないことだ。

「お……おまえ、誰だ？　家がわからないとかなら警察を呼ぶけど？」

どうにか平静を取り繕《つくろ》った裕夢は布団を出ると、男との距離を取ってから立ち上がった。

「そなた、私との約束を覚えていないのか？」

端整な男の顔が急に険しくなる。

それにしても、今風の格好をした美形だというのに、やけに口調が古めかしい。

「約束ってなんだよ？　おまえと会ったこともないのに、覚えてるもなにもないだろ。隣の家と間違えてるんじゃないの？　早く出てってほしいんだけど」

わけのわからないことを言う男が怖くなり、早く追い出そうと必死になる。

「そなた、幼すぎて忘れてしまったか……」

そう言って寂しそうな顔をしたかと思うと、男の姿がふっと目の前から消えた。

「えっ？　うそ……なに？　なんで、消えたの？」

驚きに目を丸くして部屋中を見回す。

「いない……そんな……」

窓、廊下に繋がる襖、押し入れの襖のすべてが閉まっている。

部屋を出て行ったのでもなく、どこかに隠れたのでもない。忽然《こつぜん》と姿が消えたのだ。

「もしかして、寝ぼけてんのかな……」

両手でゴシゴシと目を擦《こす》り、改めて部屋を見回す。

和箪笥《わだんす》と整理箪笥が置かれた六畳間の中央に、ひとりぶんの布団が敷かれている。

いつもと変わらない光景であり、やはり自分の他には誰もいなかった。

「でも……」

念のためにと思い、パジャマ姿のまま部屋を出た裕夢は、長い廊下を歩いて玄関に向かう。

玄関に出してあるスニーカーを突っかけ、ガラスの引き戸に手を掛けてみると、しっかり鍵が掛かっていた。

他の部屋も見て回ったけれど、どこも窓の鍵は閉まっていて、人が出入りした形跡《けいせき》がない。

「やっぱり寝ぼけてたんだ……徹夜続きで疲れてるのかも……」

男の姿は鮮明に覚えているし、言葉も交わしている。夢とはとても思えなかったけれど、現実として誰も侵入していないのであれば、やはり夢だったのだろう。

「ついにこの日が、とか言ってたけど……僕の誕生日となんか関係あるのかなぁ……」

夢だとしても、男が口にした言葉が気になる。

「あっ、そうだ、祖父《じい》ちゃんの墓参りに行かなきゃ。三回忌《き》だから変な夢を見たのかもしれない……」

ふと思い出した裕夢は、足早に洗面所に向かう。

今日は自身の誕生日であり、また、二年前に他界した祖父の命日でもある。

裕夢は祖父の死をきっかけに、東京から遠く離れた山合の里にある、この平屋の古民家に移り住んだ。

イラストレーターを生業《なりわい》としていて、まだ二十歳ながらもイラスト一本で食べている。

子供のころから絵を描くのが大好きで、高校生になってから自作のイラストをサイトで公開し始めた。

サイトを偶然、閲覧したライトノベルの編集者が気に入ってくれて、高校三年生でイラストレーターとしてのデビューを果たしたのだ。

挿画を担当したのがいまをときめく有名な小説家だったことも幸いしてか、裕夢のイラストは人気を博し、すぐにシリーズを任されるという順風満帆なスタートだった。

イラストレーターとしてやっていく決心をし、大学に進むことなく自宅でイラストを描いていたところ、この古民家でひとり暮らしをしていた祖父が急死した。

不便な田舎《いなか》であり、土地を売りに出したところで買い手などつきそうにない。そんな話を耳にした裕夢は、集中してイラストを描くのにちょうどいいと考えて実家を出たのだ。

幼稚園児のころから、夏になると家族で訪れていた田舎は馴染みがあり、なにより癒やされそうで長閑《のどか》な風景を気に入っていたから、迷いはなかった。

引っ越してきた当初は、さすがに夜になると静かすぎて寂しいと思ったりもしたが、それもほんのいっときのことで、この二年、古民家で悠々自適の生活を送っている。

「いい天気でよかった……」

洗面所に続く廊下の片側にはガラス戸がはめてあり、秋が近いことを感じさせる柔らかな陽が差し込んでいた。

このところ雨続きで、太陽を見るのは久しぶりだ。秋も近いから雨が降るのもしかたないとはいえ、突然、豪雨になったりするので油断がならない日が続いていた。

「これなら傘なしで大丈夫そうだな」

祖父の墓がある寺まで、歩いて十五分ほど。散歩がてら墓参りに行くには、まさに打ってつけの陽気といえた。

今年は三回忌にあたるのだが、法要《ほうよう》は執《と》り行わない。法要のたびに親戚が田舎に集まるのは大変ということで、七回忌まで持ち越すことにしたようだ。

親戚はほぼ関東近辺で暮らしていて、とても日帰りはできない。だから、三回忌の法要をしないことには納得がいく。とはいえ、大好きだった祖父の墓が近くにあるのだから、裕夢は自分だけでもお参りをしてあげなければと考えたのだ。

「お酒とお饅頭《まんじゅう》、それにお花……忘れ物がないようにしないと……」

近所に商店はひとつもなく、買い物は週に二度ほど村の外にあるスーパーや小売り店でまとめ買いしている。

墓参りに行くための買い物は、足代わりにしている軽自動車で昨日のうちにすませてあった。

「朝ごはん食べて、お墓参りに行っても午前中に仕事ができるから、余裕でラフを仕上げられそう……」

今日の内に仕上げる予定の仕事を考えながら、パジャマ姿で廊下を歩く裕夢は、忽然と姿を消した男のことなどすっかり忘れていた。

＊＊＊＊＊

墓参りをすませた裕夢は、家に向かう陽だまりの道をのんびりと歩いていた。

青いチェック柄のオーバーシャツに、ベージュのデニムパンツ。キャンバス地の大きなショルダーバッグを肩から斜めがけにし、白いスニーカーを履いていた。

柔らかな黒髪は少し長めで、ふんわりとあごを覆っている。大きな瞳が特徴的な可愛らしい顔立ちで、少年のように華奢な身体つきのせいか、実年齢より幼く見られがちだ。

二年前、古民家でひとり暮らしを始めたときは高校を卒業していたのに、挨拶に行った村落《そんらく》の人々は一様に裕夢を中学生と勘違いしたくらいだった。

その時点できちんと年齢を伝えてあるにもかかわらず、二十歳になったいまでもときおり高校生と間違えられ、「若いのにひとりで偉いね」と言われたりするのだ。

「御稲荷《おいなり》さんかぁ……」

帰り道の中ほどにある春日坂稲荷神社《かすがざかいなりじんじゃ》の前で、なぜか足が止まった。

古くからある立派な造りの神社で、夏には盛大な祭りが行われる。

夏休みに東京から泊まりがけで遊びに来ていたときは祭りが楽しみでしかたなく、欠かさず家族で春日坂稲荷神社を訪れていた。

こちらに移り住んでからもそれは変わらず、去年も今年も春日坂稲荷神社をひとり訪れ、境《けい》内《だい》に並ぶ露店で買ったやきそばや綿菓子を食べ歩きながら、多くの人々で賑わう祭りを満喫した。

それゆえ馴染みのある神社ではあるけれど、頻繁にお参りをすることもなく、境内に足を踏み入れるのも年に一度きりだ。

たまに前を通りがかっても、とくに足を止めることもなく行きすぎてしまう。それが、今日にかぎって足が止まったのだから不思議だ。

「誰もいなさそう……」

なにかに吸い寄せられるように鳥居をくぐり抜けた裕夢は、広い境内の奥にある拝殿《はいでん》に自然と足が向いた。

「いちおうお参りしておこうっと……」

そんなつもりはなかったのに、拝殿を目の前にして手を合わせることなく引き返すのはさすがに躊躇《ため》われ《ら》、ショルダーバッグに入れていた財布から、賽銭《さいせん》用の小銭を取り出しながら階段を上がり、賽銭箱の前に立ってお辞儀する。

「えっと……二礼二拍手一礼だっけ……」

祖父から教えられた参拝の仕方を思い出しながら、賽銭を投げ入れて大きな鈴を鳴らし、二礼したのち、手を二回、打ち鳴らす。

「これからも仕事が続けられますように……」

目を閉じて手を合わせている途中で、近くからパタンという音がした。

なんだろうと思って目を開けると、賽銭箱の向こう側にある観音開きの扉が開いている。

「あれ？　さっきまで閉まってたのに……」

仮に強い風が吹いたとしても、自然に扉が開くとは思えない。

どうしたのだろうかと訝《いぶか》しがりつつ、拝殿の中に目を凝らす。

「うわ――――っ」

突如、目に見えない力にグイッと身体ごと引っ張られ、一瞬にしてあたりが暗闇に包まれ、裕夢は目眩《めまい》に襲われる。

自分の身になにが起きたのかさっぱりわからない。浮き上がった身体が、為す術《すべ》もなく強い力に引っ張られていく。

いったい、どれくらいの時間が過ぎたのだろうか。ふっと身体が浮いているような感覚が消え、恐怖にきつく瞑《つむ》っていた目を恐る恐る開ける。

「なっ……」

自分がいるのが本殿の中であることに気づき、驚きに目を丸くした。

拝殿の後方にある本殿は、普段は中を窺うことができないが、年に一度、祭りの日にかぎって扉が開かれる。

興味本位で何度か覗いたことがあって、中の様子について知っているから、ここが本殿であることは間違いないと断言できる。

けれど、なぜ拝殿の前にいた自分が本殿の中にいるのか理解できない。さっきの身体が浮くような感覚はなんだったのだろうか。

「自ら来たのだな」

背後から聞こえてきた男の声に、裕夢はハッと我に返って向き直る。

「おまえ……」

さらなる驚きに言葉を失う。

今朝がた目にした男が立っていたのだ。それも、なんとも時代錯誤な平安調の衣装を纏《まと》っている。

驚きはそれだけでない。顔と身体はまぎれもない人間であるのに、頭には毛に覆われた三角形の耳があり、ふさふさの長い尻尾が背中に見え隠れしているのだ。

この世の者とは思えない男の様相に、裕夢は目を瞠《みは》ったまま口をパクパクさせる。

「ようやく私を思い出したか?」

獣の耳と尻尾を持つ異様な男が、煌《きら》びやかな衣装の長い裾を引き摺りながら、静々と裕夢に歩み寄ってきた。

小学生のころから、たくさんのライトノベルを読んできたし、今も仕事で毎日のようになにかしら読んでいる。

そうした現実離れの世界をテーマにした小説を読み漁り、イラストを描いているとはいえ、それはあくまでも創作物だという認識があるから、目の前の出来事がにわかには信じられない。

映画や小説の中ならまだしも、この世に耳と尻尾を持つ人間が存在するわけがないのだ。

「また寝ぼけてるのかな……」

自ら頬をパンパンと叩き、さらにはきつく摘まんで引っ張ってみる。

「いたぁ……」

「そなた、なにをしているのだ?」

眉根を寄せた男が、裕夢の手首を掴んできた。

細く長い指。そして尖った爪。

その指の生々しい感触は、まさに男が生きている証。

この男は夢に出てきたのではなく、現実としてそこにいる。

「ふぇ……」

衝撃的な事実に腰を抜かし、裕夢はへなへなとその場に頽《くずお》れた。

「大丈夫か？」

どこか呆れ気味に見下ろしてきた男が、目の前に片膝をつく。

正面にある男の顔を、口を開けたまま呆然と見つめる。

「自ら来たのは、私を思い出したからではないのか？」

「お……思い出すってなんだよ？　おまえのことなんか知らない……」

「薄情なやつだ」

裕夢が激しく頭を左右に振ると、男が煌びやかな衣装を片手でさりげなく捌《さば》き、片膝を立てて床に座った。

床に伸びているふさふさの長い尻尾は金色がかった茶色で、色と形には見覚えがある。

(狐……まさか……)

ここは狐を祀《まつ》っている稲荷神社だ。目の前の男は神様の化身《けしん》なのだろうか。

「そなたは私の花嫁になると約束したのだぞ」

「はぁ？　いつ？　僕はおまえのことを知らないんだけど？」

自分で抓《つね》って痛くなった頬を擦りながら、呆れきった顔で男を見返す。

神様の化身かなにか知らないけれど、しつこく花嫁と繰り返す理由がわからない。

そもそも、稲荷神社での出来事だから、神様の化身かもしれないと思ってしまっただけで、この時代錯誤な格好をした耳と尻尾がある男が、不審者であることに変わりはない。

耳と尻尾はよくできた作り物で、ただの獣好きのコスプレイヤーという可能性もある。

「そなたが五歳のときのことだ、本当に覚えておらぬのか？」

「五歳？」

真剣な顔つきで言われ、思わず首を傾げる。

確固たる口調で年齢まで出されると、作り話ではないような気がしてしまう。

「そなたは迷子になり、境内で泣きじゃくっていた」

「五歳で迷子……」

男のさらなる言葉に、裕夢は幼いころに思いを馳《は》せた。

田舎で遊んだ記憶は、三歳くらいのころから残っている。五歳であれば、なにかしら覚えていてもよさそうな気がした。

けれど、迷子になった記憶がない。もし自分が迷子になって騒ぎになったのであれば、家族の語りぐさになっていそうなものだが、両親の口からそうした話が出たこともなかった。

「思い出せぬか？　ならばあれを見るがいい」

唐突に立てた人差し指の先に息を吹きかけ、その指で正面を指し示す。

彼が指さしたのは、巨大な円形の鏡。

ご神体として春日坂稲荷神社の本殿に祀られている鏡であり、神聖な代物《しろもの》だ。複雑な紋様を彫り込んだ檜《ひのき》の枠に収まっている鏡は、直径が一メートルほどあった。

「あっ……」

言われるまま目を向けた鏡に動画が映っていた。まるでテレビのようだ。

映っているのは春日坂稲荷神社の境内だが、風景が少し古めかしく感じられる。と、誰もいない境内を捉《とら》えている映像に、両手で目を擦りながら立ち竦んでいる男の子が映り込んできた。

映像のみで無音なのだが、男の子は声をあげて泣いているとわかる。そして、その泣きじゃくっている男の子が自分であることもすぐにわかった。

あたりはまだかなり明るいが、陽は西側から当たっているようで、夏の夕刻間近といった時間帯だろうか。

懐かしさを感じる映像に、幼いころの記憶がまざまざと蘇ってくる。三つ違いの兄と遊びに出た帰り道にはぐれ、彷徨《さまよ》い歩くうちに春日坂稲荷神社に辿り着いた。

祭りのときに家族で来たことがあるから、知っている神社を見つけて安堵《あんど》したけれど、誰もいない境内はしーんと静まり返っていて、急な寂しさに襲われて泣き出したのだ。

「あのとき……」

食い入るように鏡を見ていた裕夢は、静かな声で話す男を振り返る。

「ようやく思い出したか」

安堵の笑みを浮かべた男が、先ほどと同じように人差し指の先に息を吹きかけると、それまで鏡に映っていた映像が消えた。

「いったい何者なんだ？　おまえは人間じゃないってこと？」

男と向き合った裕夢は、微笑みが浮かぶ顔をジッと見つめる。

思い出した。遠いあの日、境内で泣いていたのに、ふと気がつくと男の腕に抱かれていた。

見たこともない衣装を纏った男にはふさふさで尖った耳と、太くて長い尻尾があった。

幼心にも普通の人ではないとわかったけれど、不思議と恐怖心は湧いてこず、長い尻尾に巻かれていると安心した。

胸に抱かれ、頭を撫でられ、優しい声であやされているうちに涙が乾き、いろいろな話をした記憶があった。どうして忘れてしまっていたのだろう。

「私の名は陽月《ひづき》、春日坂稲荷神社に祀られている稲荷神だ。この世に生を受け、かれこれ千年になる」

「うそっ……ここの御稲荷さん？　まさか、狐の神様が本当にいるなんて……」

鏡に過去を映し出すことができただけでなく、十五年の時を経てもまったく変わらない姿をしている。さらには、拝殿の前にいたのに瞬間的に本殿の中へと移動した。これはもう、特別な力を使うことができる狐の神様だと認めるしかなさそうだ。

(神様……)

目の前にいるこの男は人ではない。それなのに、怖いと思えなかった。幼いころに優しくされたことを思い出したせいだろうか。

「私との出会いを思い出したのであれば、あのとき交わした約束も思い出したな？」

そっと手を伸ばして裕夢の頬に触れてきた陽月が、愛しげに見つめてくる。

「それが……あの……覚えてなくて……」

「覚えていないだと？　そなたは二十歳になったら私の花嫁になると、そう約束したのだぞ」

苦笑いを浮かべた裕夢が申し訳なさそうに肩をすくめると、陽月は声高《こわだか》に言って頬に添えていた手を下ろした。

「えーっ？　僕が？　花嫁になるって約束したの？　そんなわけないよ」

「なぜ私が嘘を言わねばならない？　そなたは確かに私と約束したのだ」

「そんなこと言われたって……」

懸命に記憶の糸を辿ったけれど、どうしても思い出せない。

そもそも、耳と尻尾がある男の花嫁になるというのがおかしいのに、子供とはいえ約束などするものだろうかといった疑問があった。

「そなたは本当に覚えていないのだな……」

彼はひどく落胆したようだが、出会った記憶は思い出しても、約束した覚えがまったくないのだからどうしようもない。

「仮に約束が本当だったとしても、まだ五歳だからよくわからないまま約束したんだと思う」

「それでも約束を交わした事実は変わらない」

陽月がさも不満げに睨みつけてくる。

「そんなこと言われても、僕は男なんだから花嫁になんかなれないよ。だいたい、神様と人間が結婚なんてできるわけないじゃない」

「約束を反故《ほご》にするつもりか？」

そう言われたところで、はなから果たせない約束なのだから、反故になるとしてもなかったことにするのが妥当に思え、少しでも早くこの場を去りたい裕夢はすっくと立ち上がった。

「無理なものは無理だから諦めて」

「裕夢？」

「もう帰るから」

驚きの顔で見上げてきた陽月に言い残し、正面の扉へと向かって歩き出す。

観音開きの扉はぴったりと閉じられていたが、触れてみると鍵はかかっていない。

両手でそっと押し開けて外に出た裕夢が、扉を閉めるために振り返ると、そこにはもう陽月の姿はなかった。

「君、ここでなにをしている！」

どこに消えたのだろうかと首を捻りながら扉を閉めていた裕夢は、すぐ後ろから聞こえてきた大声にビクッと肩を震わせる。

「どこから入ったんだ！」

続けざまに浴びせられた厳しい声に肩をすぼめて振り返ると、装束を纏った宮司《ぐうじ》が恐ろしい形相で立っていた。

「あっ、すみません……扉が開いていたので、ちょっと中が見たくなって……」

「土足で上がるとはなにごとだ、この罰当たりが、さっさと靴を脱ぎなさい」

足元に目を向けてきた宮司から怒鳴られ、言い訳もそこそこにスニーカーを脱いで両腕に抱え込む。

陽月に連れ込まれたのであって、自らの意思で本殿に入ったわけではない。とはいえ、正直に事情を説明したところで異常者と思われるだけであり、神妙にするしかなかった。

「賽銭を盗んだわけではないようだから今回は見逃してやるが、また同じ真似をしたら警察に通報するぞ」

「二度と勝手に入ったりしません、本当に申し訳ありませんでした」

平謝りした裕夢はあたふたと本殿正面の階段を下り、地面に下ろしたスニーカーに足を突っかけて走り出す。

拝殿の脇を通り過ぎたところでちらりと振り返ると、まだ宮司はそこにいて、こちらに目を凝らしていた。

「もう、陽月のせいで叱られちゃったじゃないか……」

足を止めたらなにか言われそうな気がし、脇目も振らず鳥居を目指して走って行く。

アスファルトの道に出たところでスニーカーをきちんと履き、逃げるようにして春日坂稲荷神社をあとにした。

「狐の神様かぁ……」

ほどなくして速度を緩めた裕夢は、なんとも不思議だった出来事を思い返す。

世界中に数々の言い伝えが残されている。それらのほとんどがとんでもない内容であり、作り話だと思っていた。

昔から人々は想像力が豊かだったのだと感心していたが、狐の耳と尻尾を持つ陽月を目の当たりにしたことで、伝説の中にも事実が含まれていることを知れた。

「もうちょっと話を訊いてみたい感じもするけど……」

春日坂稲荷神社のどこで暮らしているのか、なにを食べているのかなどなど、陽月に訊いてみたいことが山ほど出てきそうだ。

「でも、花嫁にするとか言ってたからなぁ……」

陽月は本気で自分を花嫁として迎えてようとしている。

また彼に会って話ができるような状況ではないのだから、考えないほうがよさそうだ。

「ちょっと気になるけどしょうがないか……」

住み慣れた古民家に戻ってきた裕夢は、ひとりつぶやきながら玄関の鍵を開けた。

「なんか急にお腹が空いてきた……」

台所に向かって廊下を歩き始めたところで、居間の襖が開いていることに気づいた。

閉めるのを忘れてしまったのだろうかと思いつつ、足を止めて中を覗き込む。

「なっ……」

居間の中央に向かい合わせで置かれたソファで、こともあろうに普通の人間の姿をした陽月が寛《くつろ》いでいた。

畳だけの生活が辛くなった祖父が客室のひとつを洋間に替えた部屋で、畳の上にカーペットを敷き、座卓をのけてソファとテーブルを置き、襖はそのまま残してある状態のものだ。

またしても勝手に上がり込まれ、呆れるよりも怒りを覚えた裕夢は、つかつかと陽月に歩み寄って行く。

「なんで勝手に上がり込んでんの？」

「私の花嫁はそなたしかない、どうあってもそなたを花嫁にする」

陽月が悪びれたふうもなく見上げてくる。

「僕は男だから花嫁にはなれないし、神様と人間は結婚できないって、さっき言ったじゃないか」

「それは人間の考えでしかない。私はそなたを花嫁にすると決めたのだ」

「僕には僕の人生があるんだから、勝手に決めてもらっても困るって……」

聞く耳を持たない陽月と言い合っていると、軽やかな着信音が鳴り響いた。

話の途中ではあったけれど、裕夢はデニムパンツの尻ポケットに入れているスマートフォンを取り出し、発信者を確認して画面をタップする。

「もしもし、山吹です」

陽月を注視しつつ電話で話を始めた。

かけてきたのはライトノベルの編集者で、裕夢のイラストを気に入り、デビューさせてくれた恩人とも言える存在の中嶋道之《なかじまみちゆき》だ。

「えっ？　明日ですか？」

いきなりの訪問を告げられ驚きの声をあげたけれど、裕夢は嫌な顔をすることもない。

裕夢が引っ越してきて間もなく祝いを持って訪ねてきてくれた彼は、村の雰囲気をことさら気に入ったらしく、それから度々、足を運ぶようになっていた。

インターネットが普及しているいまは、地方で暮らしながら仕事をしている小説家やイラストレーターが多い。作家と顔を合わせる機会が少ないこともあってか、裕夢のみならず地方在住の作家となるべく会うようにしているとのことだった。

「大丈夫ですよ、お待ちしてます」

陽月が気になり早々に電話を終えた裕夢は、見知らぬ少年に気づいてスマートフォンを手にしたままギョッとする。

「だ……誰っ？」

「はじめまして、陽月さまにお仕えしている小坊《こぼう》と申します」

驚きに目を瞠っている裕夢に、自ら名乗ってきた小坊が丁寧に頭を下げた。

白い長袖のワイシャツに、紺色のズボンを穿いている。制服を着た小柄な中学生といった感じで、とても可愛らしい顔をしている。

陽月に仕えているということは、小坊も彼と同じ神様なのだろうか。

「小坊は身の回りの世話をしてくれている」

「身の回りの世話？」

「そなたの気持ちが変わるまでここで暮らすことにしたのだ」

「ちょっと、勝手に決めないでくれる」

あまりにも強引な陽月に、さすがに腹が立ってくる。

花嫁になれるわけがないのだから、気持ちが変わるわけもない。

とはいえ、勝手に上がり込んだばかりか、一緒に暮らすことにしたと言い切った彼が、そう易々と人の話に耳を貸すとは思えなかった。

「隣の客間を使わせてもらうぞ」

案の定、ソファから悠然と腰を上げた陽月が、小坊を連れて居間を出て行く。

部屋を出る際、陽月が軽く身を屈めた。背が高いことはわかっていたけれど、まさかそのままでは鴨居に頭がぶつかってしまうほどとは思っていなかった。

「つたく……」

それにしても、気勝手な振る舞いにはため息しか出てこない。

追いかけて文句を言いたいところだが、たぶんそれも一歩通行で終わってしまうだろう。話を聞かない相手に意固地になっても、結局はこちらが苛立《いらだ》つだけだ。ここは冷静になって様子を見たほうがいいかもしれない。

「低姿勢でお願いすれば言うこと聞いてくれるかな……」

どうすれば陽月が帰ってくれるだろうかと、裕夢は小難しい顔であれこれ考えながら居間を出て台所に向かった。

「お昼ご飯でも作ろう……」

現実逃避がしたくて、台所に入るなり冷蔵庫を開けて中を覗き込む。

気ままなひとり暮らしで自由業だが、思いのほか規則正しい生活を送っていた。

起床は概《おおむ》ね朝の八時。簡単な朝食をすませて仕事を始め、昼食を挟んで仕事を再開し、十八時くらいに夕食を取ってまた仕事をする。

締め切り間際になれば食事の時間もずれるし、たまには抜いてしまうこともあるのだが、ほぼ同じような日々を繰り返していた。

まとめ買いしている食材以外の野菜や卵は、有り難いことに祖父と付き合いがあった村の人々が届けにきてくれる。

どうやら、若者のひとり暮らしを心配してくれているようだ。多くは高齢者だが、みな穏やかで心が優しい。

祖父の家で暮らしたいと言ったとき、両親からは無理に決まっていると反対された。けれど、食生活が乱れることもなく、仕事も順調にこなしていると知った彼らは、最近ではほとんど干渉してこなくなっている。

「肉じゃが残ってるから、卵チャーハンでいいか……」

昼食のメニューが決まった裕夢は、昨夜の残りの肉じゃがと卵をひとつ、さらには野菜室から長ネギを取り出した。

次に冷凍庫の引き出しを開け、一膳分に分けてラップで包んであるご飯を取り出す。

「なにをなさっているのですか？」

ひょっこりと台所に顔を出した小坊が、とことこと歩み寄ってくる。

「昼ご飯を作ってるんだよ」

「では、お手伝いさせてください」

そう言ってにっこりとした小坊を、裕夢はジッと見返す。

「えーっと、神様もご飯を食べるの？」

「普段は特別な木の実を食べて精気を得ていますけれど、このような姿をしているときは人間と同じものを口にすることができます」

小坊が丁寧に説明してくれた。

ファンタジー小説に出てくるような台詞に、裕夢は急にソワソワしてくる。

陽月に居着かれるのは困りものだが、やはり神様ともなると興味深い存在であり、もっと詳しく知りたくなっていた。

「じゃあ、三人で食べる？」

誘いの言葉を向けて見ると、嬉しそうに笑った小坊が大きくうなずく。

ならばと、新たな卵と冷凍ご飯を取り出し、まずは電子レンジでご飯を解凍する。

「小坊も本当の姿は狐なの？」

解凍が終わるのを待つあいだ、裕夢はまず素朴な疑問を投げかけた。

「いえ、僕はイタチなのですが、もともとは人間です」

「えっ？」

思わぬ答えに、ポカンと口を開ける。

「生まれてすぐ御稲荷さまの境内に捨てられていたところを、陽月さまに救っていただきました」

「それっていつのこと？」

「百年ほど前のことです」

「そ、そんな前なの？」

驚きの連続で、料理どころではなくなってきた。

陽月の振る舞いは傍若無人だが、迷子になって泣いている自分を保護してくれたり、捨て子を拾って育てたりと、なかなか優しい面もあるのだと知って感心する。

「はい、十五のとき天帝《てんてい》さまから永遠の命を授かり、あやかしのイタチとなりました」

「天帝って？　それに、永遠の命ってなに？」

「天帝さまは天界にいらっしゃる、八百万《やおよろず》の神々の頂点に立つ神様です。そして、永遠の命というのは、言葉どおり永遠に生き続けるということです」

「陽月も？」

「陽月さまも、というよりは、僕をずっとそばに置きたいと思ってくださった陽月さまが、天帝さまにお願いをしてくださり、僕も永遠の命を授かったのです」

「すごいな……」

永遠に生き続けるなど驚き意外なにもできないけれど、天界やら天帝やらが実在するようだから信じるしかないだろう。

「それで小坊が人間の姿になると少年なのは、十五歳でイタチになったから？」

「はい」

小坊が笑顔でうなずき返してきた。

となると、やはり陽月のことが気になってくる。彼はもともと狐だったのか否か。そして、なぜあの姿をしているのか。訊ねないではいられない。

「陽月は最初から狐なんだよね？」

「はい、そのように聞いております。詳しいことは存じませんが、陽月さまのように位《くらい》の高い天狐《てんこ》になりますと、どのような形にも自由に化けることができるのです。あの、あれが鳴りましたけど？」

小坊に電子レンジを指さされ、タイマーが切れていることに気づく。

「へぇ、陽月って位が高いんだ？」

感心しつつ電子レンジからご飯を取り出し、入れ替わりに残りものの肉じゃがを温める。

まな板で長ネギを少しみじん切りにし、中華鍋を取り出してガスの火にかける。

手伝いをしたそうな顔をしている小坊に、卵が三つ入っているボウルを渡し、この中に割って入れてと手振りを加えて頼んだ。

「陽月さまは稲荷神の最高位でございます」

「御稲荷さまの最高位なの？」

「そうです。陽月さまは長い年月にわたって徳を積まれ、最高位まで昇り詰められたのです」

「陽月って偉い神様なんだ……」

温まったフライパンに目分量で油を注ぎ、小坊が割ってくれた卵を菜箸で解していく。

「はい、五穀豊穣の神であり、村の守り神でもあるのです」

「なるほどねぇ」

手早くチャーハンを完成させ、食器棚から取り出してきた三枚の皿をテーブルに並べ、均等に分けて盛りつける。

「そこの引き出しから、れんげとお箸を出してくれる」

「れんげとは？」

キョトンした顔で見返してきたところをみると、小坊は人間の暮らしについてよく知らないのだろう。

食器棚に向かった裕夢は、小坊の前で小さな引き出しを開け、れんげと箸を取り出す。

「こっちがれんげで、こっちが箸。食事をするのに使うんだよ」

「箸は知っていたのですが……」

「ああ、そうか、十五歳まで人間だったから……って、言っても、陽月に育てられたんでしょう？　食事とかどうしてたの？」

「陽月さまが人間の食べ物を用意してくださいました」

「特別な力があるの？」

「そうです」

「神様だとそんなこともできるんだ……」

陽月にできないことはないのだろか。もしなんでもできるなら、なにも困ることはなさそうだと思いつつ、皿の隣に箸とれんげを並べ、電子レンジで温め直した肉じゃがの器に大きなスプーンを添え、テーブルの中央に置いた。

「あのさ、神社の宮司さんって陽月と小坊のこと知っているの？」

「とんでもない、存在を知られたりしたら大変なことになります」

目を丸くした小坊が、大袈裟に顔の前で両手を振る。

「じゃあ、なんで僕の前に姿を見せたの？」

素朴な疑問だった。

姿を現しただけでなく、陽月が自ら正体を明かしたのが解《げ》せない。

「陽月さまにとって裕夢さまは特別なお方だからです」

「ふーん……」

特別な存在と言われ、嬉しいような迷惑なような、なんだか複雑な気分だった。

どうして陽月は自分を花嫁として迎えようと思ったのか。ふと裕夢は、それが知りたくなってきた。

「ご飯ができたから、陽月を呼んで……」

「わざわざ呼ばずともよい」

小坊に頼むより早く姿を見せた陽月が、少し身を屈めて台所に入ってくる。

いちいち頭上を気にしなければならないのが面倒なのか、潜ったあとに鴨居を不愉快そうにちらりと見やった顔が可笑《おか》しく、裕夢は思わず小さな声をもらした。

「なぜ笑っている？」

陽月がなんだと言いたげに、眉根を寄せて見返してくる。

笑われたのが気に入らなかったらしい。

「チャーハンの匂いに釣られてきたんでしょ？」

笑った理由については説明するほどのことでもないように思え、からかいの言葉を向けて陽月を仰ぎ見る。

「そなたたちの会話はすべて聞こえているのだ」

「えっ？　そうなの？」

「私を誰だと思っているのだ」

なにも秘密にできそうにないと思って苦笑いを浮かべた裕夢に、陽月が厳しい視線を向けてきた。

すぐさま「千年も生きてきたお稲荷様」と言い返したくなったけれど、厭味《いやみ》を口にするのは大人げない気がして思いとどまる。

「言いたいことがあるなら、はっきり言ったらどうだ？」

陽月の不機嫌な声に、怒らせてしまっただろうかと少し慌てた。

今は人の姿をしているけれど、彼は神様なのだから怒らせたりしたら大変だ。裕夢は急いで笑顔を取り繕う。

「急だったから、昼はこれで我慢してね」

大きな楕円形のテーブルは六人掛けで、裕夢はいつも座っている真ん中の席に腰かけた。

「なかなか美味そうだな」

テーブルを眺めて目を細めた陽月が裕夢の向かい側に座り、小坊が彼の隣に腰かける。

不機嫌だったはずの陽月に料理を誉められ、安堵するとともに嬉しくなった裕夢はさっそくれんげを手に取った。

「いただきまーす」

出来たてのチャーハンを食べつつちらりと前を見やると、陽月はすでに食事を始めていて、礼を言うでもない彼はまさに我が道を行くといった感じだ。

礼儀知らずな態度を諭《さと》したいけれど、村の守り神であることを考えると遠慮してしまう。

「そういえば、神様なのに神社にいなくていいの？」

ふと、こんなところで守り神がのんびりしていていいのかと思って訊ねると、陽月がくだらないことを聞くなと言いたげな顔で見返してきた。

「神社にいなければ村を守れないというわけでもないからな」

「どういうこと？」

意味がわからなかった裕夢は、食事の手を休めて首を傾げる。

「陽月さまは強い神通力をお持ちですから、どこにいらしても千里眼《せんりがん》で村の隅々まで知ることができるのです」

陽月に代わって答えを返してきた小坊に、裕夢は納得した顔を向けた。

「そっか、陽月ってけっこうすごい神様なんだな」

「先ほど陽月さまが最高位の狐の神様であることを、お伝えしたと思いますが？」

小坊の口調は丁寧ながらも、その声には厳しさがある。

まだ子供なのにと一瞬、思ったけれど、百歳になる人生の大先輩であることを思い出して苦笑いを浮かべる。

「忘れたわけじゃないけど、最高位って言われてもピンとこなかったんだ」

「とても素晴らしいお方なのですから、失礼のないようにしてくださいね」

「はいはい」

釘を刺してきた小坊に素直に返事をした裕夢は、肉じゃがの器に手を伸ばし、スプーンで小皿に取り分けた。

なんだか面食らうことばかりで戸惑う。それでも、少しずつ陽月のことがわかってきたのはいいことだ。

「小坊、それを」

「はい」

裕夢は黙々とチャーハンを食べながら、彼らの様子を見つめる。

神として祀られているはずの彼らに次第に興味が募《つの》ってきた裕夢は、少しくらいなら一緒に暮らしてもいいかもしれないと思い始めていた。

＊＊＊＊＊

昼食を終えた裕夢は、仕事部屋として使っている和室にこもり、次に挿画を描く原作を読み込んでいた。

片付けを手伝ってくれた小坊とは、すっかり仲よくなっている。いっぽうの陽月は、食べ終えるなり客間に戻ってしまったから印象は変わらない。

いくら最高位の天狐とはいえ、ここでは居候《いそうろう》の身分なのだから、「ごちそうさま」のひと言を口にするとか、手伝う素振りくらいみせればいいのにと思う。

とはいえ、仕事をするから邪魔をするなと釘を刺したこともあってか、陽月は小坊と客間でおとなしくしているようだった。

「あっ、そういえば……」

ふと子供のころを思い出した裕夢は、分厚い原稿の束を机に下ろして席を立ち、押し入れに向かった。

「五歳のころだから、奥の箱だな……」

襖を開けた裕夢は、押し入れで保管している段ボール箱を引っ張り出していく。

スケッチブックだけを収めた段ボール箱が十個ある。幼いころに使っていたスケッチブックを、母親がすべて残してくれていたため、膨大な量になってしまったのだ。

とはいえ、子供のころのスケッチブックは宝物であり、捨てずにいてくれただけでなく、こまめに月日を書き記してくれていた母親に感謝している。

「これか……」

段ボール箱に記してある年齢を確認し、畳の上に引っ張り出してフタを開け、立てて収めているスケッチブックの真ん中あたりをまとめて取り出す。

春日坂稲荷神社に辿り着いて陽月に保護されたのだから、迷子になったのは五歳の夏休みということになる。

畳にぺたんと座った裕夢は、スケッチブックの表紙に書かれている月日を、ひとつひとつ確かめていく。

「あった……」

ようやく五歳時の八月に使っていたスケッチブックが見つかった。

驚いたことに、八月だけで三冊もある。普段より描きたいものがたくさんあったようだ。

三冊のスケッチブックを畳に並べ、順番に捲《めく》り始める。

「お祭りの絵で終わってるから、こっちか……」

二冊目を手に取り、パラパラと捲っていく。

「あった……」

五歳の子供が描いた絵であるから、平安調の衣装もよくわからない形になっているが、尖った耳と尻尾はしっかりと描かれている。

そして、どことなく陽月を彷彿《ほうふつ》とさせる顔を見たとたん、五歳のときの記憶が改めてまざまざと蘇ってきた。

あの日、ひとりぼっちになってしまった恐怖から、神社の境内でただ泣くことしかできないでいた自分の前に、ふと陽月が現れたのだ。

『迷子になってしまったのだな。すぐにそなたの家族が迎えが来るから、それまで私とともに過ごすか？』

目の前でしゃがみ込んだ陽月に、そっと抱き上げられた。

涙に濡れた瞳に映った彼の目元が、すごく優しげだったことを思い出す。

『私と一緒にいれば怖くない』

気がつけば神社の本殿の中で、陽月の腕に抱かれていた。

『お兄ちゃん、どっかいっちゃった……』

『すぐに迎えに来るから、もう泣くな』

陽月が大きな手で頭を撫でながら、長い尻尾を裕夢の身体に巻きつけてきた。

尻尾の柔らかな毛の感触がとても気持ちよく、両手で抱えて顔を埋めていると温かくて、それまでの不安が薄れていった。

『そなた、私が恐ろしくないのか？』

『うん』

どうしてそんなことを訊くのだろうかと、不思議に思ったことを覚えている。

人とはあきらかに異なる姿をしていたけれど、腕に抱かれていると安心できたから、陽月に恐怖など微塵も感じなかった。

『そなたはいい子だ』

嬉しそうに笑った陽月に、そっと頭を抱き寄せられた。

『尾が気に入ったのか？　いくらでもそうしていていいぞ』

耳に届いてくる穏やかな声、頭を撫でる手、ふかふかの尻尾のすべてに安らぎを覚え、いつしか涙も乾いていったのだ。

「あのとき陽月がそばにいてくれなかったら、どうなってたんだろう……」

記憶に残っている彼は、本当に穏やかで優しかった。

「そういえば、やっぱり約束したことは思い出せない……どうしてだろう……ん？」

スケッチブックの余白に書かれた、ひどく読み難い子供の字に気づいて顔を近づける。

「やさし……くて……だい……すきな……お……にいさん」

それは紛れもなく自分で書いた文字だ。

どのページも絵が描いてあるだけで、文字を添えてあるなど珍しい。

「なにも覚えていなかったなんて……」

強烈な印象として残っていそうなものなのに、花嫁になる約束をしたことばかりか、迷子になった記憶そのものがすっぽり抜け落ちてしまったのが不思議でならない。

幼少のころのこととはいえ、恩人である陽月を忘れてしまっていたことを申し訳なく思う。

「でも、僕を花嫁にしてどうするつもりなんだろう……神様との約束を破ったりしたら、罰《ばち》が当たるのかなぁ……」

スケッチブックに描かれている陽月は、優しく微笑んでいる。

怖かった記憶もないから、物言いが横柄なだけで根は優しいのだろう。

「――無理、無理……」

花嫁衣裳を纏った自分を想像してしまい、目の前を両手で払いながら打ち消した裕夢は、どうしたものかと思い悩みながらスケッチブックの中で微笑む陽月を見つめていた。

＊＊＊＊＊

夕飯を終えて風呂に入ってパジャマに着替えた裕夢は、陽月と小坊のために客用の布団を敷いてやっている。

彼らは人の姿をしていても汚れない身体のようで、風呂に入る習慣がないらしい。

そのうえ、寝巻は特別な力で出すから問題ないと返された。

見た目はまるきり人間だから、ふと陽月が神様であることを忘れてしまう。だったら、いつも耳と尻尾が出ていればいいのにと、そんなことを思う。

「普段、陽月は春日坂稲荷神社でなにをしているの？」

「べつになにもしていない」

「ふーん……」

素っ気ない陽月の答えに、裕夢は肩をすくめる。

神様というものはもっと忙しいものだと思っていたのに、そうでもないらしい。

「はい、できたよ」

カバーを掛けた枕をポンポンと叩き、その場に立ち上がる。

「明日からは自分たちで布団の上げ下ろしをしてね」

そう言い残した裕夢は、客間を出て襖を閉め、少し離れた寝室に向かう。

「なんか今日はいろいろあったなぁ……」

電気を消して布団に入り、枕元のスタンドも消した裕夢は静かに目を閉じる。

間もなくうとうとし始めたのだが、ふと隣に人の気配を感じて跳び起きた。

「うわっ」

布団から飛び出そうとしたのに、腕を掴まれ引き戻されてしまう。

「大きな声を出すな、小坊が目を覚ましてしまう」

聞こえてきた声に隣にいるのが陽月だと気づき、慌てて枕元のスタンドを点けた。

「なっ……」

長襦袢《ながじゅばん》のような白い薄衣《うすぎぬ》を纏った陽月が、腕枕で布団に横たわっている。その頭には尖った耳があり、背中の向こうでふさふさの長い尻尾が揺れていた。

「な、なにしてるんだよ？　ちゃんと客間に布団を敷いてやったじゃないか」

大きな声で言ってやりたいのに、小坊を気にしてできないのがもどかしい。

「私は十五年もそなたを待ったのだぞ、添い寝くらいさせろ」

「添い寝って……」

言い返そうとしたのに、グイッと腰を抱き寄せられ胸に抱かれてしまう。

「ちょ……やめろってば……」

さすがに慌てた裕夢は、声を潜めながらもジタバタともがく。男の姿をした陽月に抱きしめられて寝られるわけがなかった。

「なにもしない、ただこうしているだけだ」

口調を和らげた陽月の長い尻尾が、裕夢の頬を撫でてくる。

まるでからかうようにさわさわと動く尻尾の感触に、ふと懐かしさを覚えた。

(なんだろう……)

尻尾で頬を撫でられているだけなのに、抗《あらが》う気持ちが薄れていく。

そればかりか、背に回された手の温もりや、布越しに伝わってくる鼓動に心地よさを感じ始めた。

「そなたは五歳のころと変わらず愛らしい」

「……もう、二十歳なんだけど」

目を細めて愛しげに見つめてくる陽月を、裕夢は抗うことなく見返す。

「確かに見た目は成長とともに変化を遂げたが、純粋な心はそのままだ」

長い指で搦《から》め捕った裕夢の髪を、彼が思いを馳せるような表情を浮かべて弄《もてあそ》ぶ。

どうして抵抗しないでいるのだろう。突き飛ばして逃げればいいものを、身体からすっかり

力が抜けていて、なにもできないでいる。

「私は千年の時を生きてきた。それだというのに、そなたが二十歳になるまでの十五年がどれほど長く感じられたか……」

柔らかに微笑んだ陽月に、そっと頭を抱き寄せられた。

たったそれだけのことになぜかほっとし、さらに脱力する。

守られているような安堵感には覚えがあった。遠い昔、陽月の膝に載せられ、包み込むように抱かれていたときに同じように感じていたのだ。

「毎年のように村を訪れるそなたを、本殿の鏡越しに眺めるのが唯一の楽しみだった。そなたがここで暮らし始めたのは、花嫁になるその日を待ち兼ねてのことだとばかり思っていたのだが……」

耳をかすめていったのは、胸が痛くなるほどの寂しい声。

陽月はずっと自分を待ってくれていた。こちらは陽月のことなど、すっかり忘れてしまっていたというのにだ。

「あの……」

「なんだ？」

腕を緩めて顔を遠ざけた陽月が、裕夢の瞳を覗き込んでくる。

「どういう経緯で結婚の約束をしたのか知りたいんだけど……」

いまさらで申し訳なかったけれど、本当に覚えていないのだから訊くしかなかった。

裕夢が忘れてしまっていることを悲しんだように小さなため息をもらした陽月が、静かな声で語り始める。

「本殿で迷子になったそなたをあやしていると、しばらくしてそなたの両親が境内にやってきた。迎えが来たので帰るよう言うと、そなたはお礼がしたいと言い出したのだ」

「へぇ……僕ってけっこうしっかりしてたんだ」

自分のことながら思わず感心してしまったが、場にそぐわない言葉に思えた裕夢は、いけないとばかりにすぐさま口を噤《つぐ》む。

それにしても、なぜ結婚の約束をすることになったのだろう。普通、五歳の子供と結婚したいとは思わないはずだ。百歩譲って女の子ならわからなくもないけれど、自分は男なのだから理解に苦しむ。

「礼がしたいというそなたの純真な瞳に、私は胸が熱くなった。私はこれまで、そのような瞳を向けられたことがなかったのだ」

いったいどういうことだろうかと、裕夢は口を閉ざしたまま陽月を見つめる。

「私が真の姿を隠すようになったのは、村人たちが化け物と恐れたからだ。神として祀っておきながら、その姿を目にすれば恐れおののく……だが、そなたは違った……私を恐れないばかりか、無邪気に懐いて頼りにしてくれた。真っ直ぐな瞳を向けてくるそなたと、生涯をともにしたいと思った……心の底からそなたを欲したのだ」

「陽月……」

狐の神様である彼の深い悲しみを知り、胸が締めつけられる。

異形の者を目にすれば誰もが恐れる。千年近い時を生きてきた陽月は、自らが守る村の人々に恐れられたことで傷ついたから、その姿を隠すようになったのだろう。

「だから、私は大きくなったら花嫁になってくれるかと、そなたに訊ねたのだ」

見つめ返してきた陽月の尻尾が大きく揺れ動き、裕夢の背に纏わり付いてくる。

首筋をかすめた柔らかな毛のこそばゆさに肩を窄めながらも、素朴な疑問を向けた。

「陽月にそう言われて、僕が花嫁になるって答えたってこと？」

「そうだ、嬉しそうに笑いながら、大人になったら花嫁になると答えた。そのときの喜びは言葉にし難い……唯一、私に心を開いてくれたそなたと生涯をともにできる喜びに、積年の苦しみも吹き飛んだ」

「そっか……本当に約束してたんだ……」

幼いころのこととはいえ、男からのプロポーズを承諾《しょうだく》した自分に呆れてしまう。

五歳くらいになれば、もう人を好きになることの意味を理解している。

それなのに、あのときの自分は陽月の花嫁になってもいいと思ったのだ。

五歳の子を花嫁にしたいと思った陽月だけでなく、それを承諾してしまった自分も変わっていたとしかいいようがない。

けれど、陽月の花嫁になるという約束をしたことだけは確かなのだ。

「約束は守るようにと親から教わっただろう？」

「そうだけど……」

痛いところを突かれ、裕夢は口籠もってしまう。

こうして腕に抱かれてみれば、少しも嫌悪感がない。

ただ、ともに男であるだけでなく、陽月は神社に祀られている狐の神様なのだから、やはり花嫁になるのは間違っているように思えた。

「千年近く生きてきた私が、初めて愛しいという思いを抱き、恋い焦がれた相手がそなたなのだ」

神妙な面持ちで見つめていた裕夢は、熱の籠もった陽月の言葉に胸がざわつく。

「そなたが愛しくてたまらない」

甘味を含んだ囁きに、胸のざわめきが大きくなっていった。

「裕夢……」

そっと頭を抱き込んできた陽月が、柔らかな髪に唇を押し当ててくる。

横柄で傲慢なのに、触れてくる手も唇も優しい。

まるで宝物を扱うかのようにたいせつされ、愛されているのだと実感する。

(でも……)

陽月ならきっと変わらず自分を愛してくれるだろう。

そうとわかっていても花嫁になることに躊躇いがある裕夢は、慈《いつく》しむように抱く腕の中でいつまでも悶々としていた。

第二章

「裕夢、裕夢……」

軽く肩を揺すられ、裕夢は目を覚ます。

「陽月……」

枕元に座っている陽月に気づき、布団の上にムクリと起き上がった。

白い薄衣を纏っていたはずなのに、彼は黒いシャツと黒いパンツに着替えている。

一緒に寝たような気がするのだが、勘違いなのだろうか。

記憶が曖昧《あいまい》な裕夢は、厳しい表情を浮かべている陽月を、首を傾げて見つめた。

「少し気になることがあるので、小坊を連れて神社に行ってくる」

「神社に？」

急にどうしたのだろう。

「ああ、たいしたことではない。すぐに戻るから心配するな」

そう言って腰を上げた陽月が、足早に寝室を出て行く。

寝起きで頭がぼんやりしている裕夢は、しばらく布団の上でぼーっと考えた。

ふと気がつけば、窓を叩きつけるほど強い雨が降っている。陽月はたいしたことではないと言ったけれど、わざわざこんな雨の中を出かけたのは、よほどの用事でもあったのだろう。

「まっ、いいか……」

いわば、春日坂稲荷神社は彼の仕事場だ。雨模様であっても、もといた場所に戻るのはべつに悪いことじゃない。

「あっ」

ふと柱の時計の目を向け、慌てて布団から出る。

中嶋が十一時に訪ねてくるというのに、もう十時を過ぎているのだ。

「急がないと……」

パジャマのまま寝室を飛び出して洗面所に向かった裕夢は、襖が開けっ放しになっている客間の中を見て足を止めた。

「もう……」

並べて敷いた布団がそのままになっている。

布団の上げ下ろしを頼んだはずなのに、すっかり忘れているようだ。客間に入った裕夢は忙しなく布団を畳み始める。

「陽月は神様だからしかたないにしても、働き者の小坊はきちんと片づけてくれると思ってたのになぁ……」

ひとりブツブツと言いながら二人分の布団を畳んで押し入れにしまい、壁に立てかけておいた座卓を中央に運び、部屋の隅に積んである座布団を並べた。

自室で赤いチェック柄のシャツとデニムパンツに着替えた裕夢は、ひと息つく間もなく台所に行ってコーヒーの用意をする。

「あれ、もう止んでる……」

台所の窓から陽が差していることに気づき、思わず外に目を凝らした。

わずかではあるが、青空が覗いている。長い雨にならずにすみそうで安心した。

「問題は陽月たちだよなぁ……どうしよう……」

中嶋は一泊していくことが多く、陽月たちが今日のうちに戻ってきたら、一緒に暮らしていることがバレてしまう。

陽月たちのことをどう紹介すれば、中嶋に怪しまれないだろうかと、いまさらながらに悩んでしまう。兄とは面識があるから兄弟にするのは無理があるし、友だちにはとても見えないだろう。親戚であれば誤魔化せるだろうか。

あれこれ考えながら、沸いた湯をポットに注いでいると、玄関の引き戸が開く音が聞こえてきた。

「こんにちはー」

続いて聞こえてきた中嶋の大きな声に、急いで玄関に向かう。

自ら車を運転して東京からやってくる中嶋は、玄関前の空いたスペースに勝手に停める。何度も来ているから、もう習慣になっているのだ。

「えっ？」

廊下を足早に歩いていた裕夢は、スーツ姿の中嶋と並んで立っている陽月と小坊の姿に唖然とした。

なぜ彼らが一緒にいるのだろうか、陽月はよけいなことを喋っていないだろうかと、不安を募らせながらも笑顔で中嶋を迎える。

「こんにちは、お久しぶりです。雨が止んでよかったですね」

「けっこう降ってたのに、ぴたりと止んだからびっくりしたよ」

中嶋はいつも気さくだ。

三十歳になったばかりの彼は、ハンサムで若々しい。普段はとても優しいのだが、仕事のこととなると人が変わり、ラフの段階から何度もダメ出しをしてくることで有名だ。

勝手気ままにイラストを描いていた裕夢はラフなど起こしたことがなく、あまりにも厳しい指摘に初っ端から挫《くじ》けそうになった。

それでも、絶対によくなるからという彼の言葉を信じて、必死に直したからこそ今がある。

中嶋の指導なくしては、デビュー作で人気が出ることはなかったと確信している裕夢は、絶大な信頼を寄せていた。

「これ」

中嶋が片手に提げていた紙袋を、裕夢に差し出してくる。

「都会のお菓子」

「いつもありがとうございます」

丁寧に頭を下げ、紙袋を受け取った。

紙袋に〈パトレーゼ〉と店名が入っている。中嶋は「都会のお菓子」と冗談めかしたが、確かにこちらでは絶対に手に入れることができない、銀座に店舗を構える超有名店だ。

二十歳になって酒は解禁になったけれど、裕夢はまったく口にしない。飲む相手がいないからではなく、大の甘党なのだ。だから、菓子の差し入れは大歓迎だった。

「おじゃまします」

靴を脱いで廊下に上がり、用意したスリッパを履いた中嶋が、ふと陽月を振り返った。

「そうそう、そこで会ったんだけどさ、山吹君のところに居候してるんだって？　若くて格好いい宮司さんでビックリしたよ」

中嶋の口から思わぬ言葉が飛び出し、いったいどういう説明をしたのだろうかと訝《いぶか》る。とはいえ、中嶋はこれといって変に思っている様子もないことから、裕夢は話を合わせることにした。

「そうなんですよ。急だったんですけど、この家って部屋だけはたくさんあるから」

中嶋と並んで歩き始めた裕夢に、廊下に上がった陽月が声をかけてくる。彼に並んで立っている小坊は、黙ってにこにこしていた。

「仕事の話をするのだろう？　邪魔になってはいけないから私たちは部屋に行っている」

陽月が気を利かせてくるなんて意外で驚く。

どうなることやらと心配していたけれど、とりあえずはひと安心できた。

「いやいや、仕事で来たんじゃないんで、一緒に話をしませんか？　俺、神社のこととか興味あるんですよ」

安心したのも束の間、中嶋から誘いの言葉を向けたのでは、陽月の気遣いも台無しだ。

「じゃあ、せっかくなので」

どうにか断るかと思ったのに、陽月はあっさり誘いに乗ってしまった。

それにしても、小坊のことはどう説明したのだろうか。見た目の年齢だと、親子で通すには厳しいものがある。

どこかでこっそり聞いておかないと、あとあと面倒なことになりそうな気がした。

「中嶋さん、コーヒーでいいですか？」

声をかけた裕夢と一緒に、中嶋も台所に入ってくる。

本来は客間に通すべきなのだが、彼は座敷が苦手なのだ。

「えーっと、二人はなににする？」

席に着こうとしている陽月と小坊に訊ねつつ、調理台に向かう。

「同じでいい」

短く答えた陽月にうなずき返し、手土産の紙袋を調理台に下ろしてコーヒーの準備に取りかかる。

「神社って、そこの御稲荷さんのことですよね？」

「ええ」

「あの御稲荷さん、けっこう由緒あるんでしょう？」

「千年と少しといったところですね」

「えーっ、そんな古いんだ」

テーブルに着くなり中嶋と陽月が話し始め、ドキドキしながら耳を傾けた。

「こんな田舎の神社としては古いと思いますね。天皇に近い氏族が建立したと言われていますけど、書き記した物がなにも残っていないために確かなことは不明なんです」

いつもと違う陽月の口調に、カップにコーヒーを注いでいた裕夢は思わず苦笑する。

こんな丁寧な喋り方ができるなんて驚きだ。裕夢の仕事相手とわかっているから、彼なりに気を遣ってくれてるのだろうか。

「そうそう、京都の伏見稲荷《ふしみいなり》も古すぎて成り立ちがわからないみたいですよ。でも、そういう神社って、なんかロマンを感じるんですよねぇ」

「神社に興味があるんですか？」

「稲荷神社を舞台にした小説を書きたいっていう作家さんがいてですね、それでネタ探しをしてるところなんです」

興味を示した理由を説明している中嶋の前に、コーヒーカップとソーサーを置く。

「どうぞ」

「ありがとう」

さっそくカップを取り上げた中嶋が、一口、啜《すす》って小さな息を吐き出す。

続けてコーヒーを満たしたマグカップを陽月と小坊の前に置いて調理台に戻る。

中嶋の手土産はいつも〈パトレーゼ〉の菓子だ。けれど、毎回、中身が違っているから楽しみでしかたなかった。

「わぁ……すごい……」

現れたのはずっしりとしたミックスパウンドケーキで、艶やかな表面に思わず見とれる。

いそいそと食器棚から大きな皿を取り出した。

「そこの春日坂稲荷神社には人に化けることができる妖の神様の伝説がありますよ」

唐突に稲荷神の話を始めた陽月に仰天し、裕夢はハタと手を止めて振り返る。

「あっ、それ聞かせてくださいよ、化身する動物を幾《いく》つか出したいんで」

「神社の本殿にある鏡をご存じですか？」

「もちろん、神鏡と言えば伊勢神宮の八咫鏡《やたのかがみ》が有名ですね」

中嶋は興味津々といった顔で、真っ直ぐに陽月を見ていた。

春日坂稲荷神社の狐の神様とは陽月に他ならない。彼は自分のことを語って聞かせるつもりでいるのだろうか。そんなことをして大丈夫なのだろうか。にわかに心配になった。

「春日坂稲荷神社の本殿にある鏡は天界に繋がっていて、神の使いである狐が下界と行き来しているというのです」

「異次元空間への通路になっているってことですか」

「そんなところですね。それで、神から特別な力を授かった若い狐は、使いに乗じて下界に下りてくると、その姿を人に変えて村人たちを誑《たぶら》かしていたそうです」

「それって、記録に残っているんですか？」

「ただの言い伝えですよ」

静かな声で話す陽月は、いつになく穏やかな表情をしている。

本殿にある鏡の役目については興味深かったけれど、なぜ自分の身の上話を始めたのかは気になるところだ。

（大丈夫かな……）

宮司すら陽月の存在を知らないのだから、自ら正体を明かすつもりはないように思え、裕夢は彼らの会話に耳を傾けつつパウンドケーキをまな板に載せて切り始める。

「お手伝いします」

とことことやってきた小坊に、人数分のケーキ皿とフォークを出すよう頼んだ。

「言い伝えねぇ……でも、面白そうだから先を聞かせてください」

中嶋に促《うなが》された陽月が先を続ける。

「で、その悪行が神の知るところとなり、狐は罰として永遠の命を与えられたのです」

「えっ？　永遠の命が罰になるんですか？」

「永遠に生き存《なが》えたいと思いますか？」

「確かに……人によると思うけど俺はやだなぁ……」

「でしょう？　百年が過ぎても、二百年が過ぎても命は朽《く》ちない……何度も死のうとしたけれど、息絶えることがない……」

心なしか重くなった陽月の声には、深い苦悩が感じられた。

意図せず与えられた永遠の命。まさか罰として与えられたとは思ってもいなかった。

陽月は徳を積んで最高位の神になったというが、罪を悔いて行いを改めたということなのだろうか。

それにしても、百歳になった自分すら想像もできない。陽月はその十倍もの年月を生きてきたのだ。今は小坊がそばにいるとはいえ、彼にとってはたかだか百年でしかない。

それまでの九百年を、陽月はどう過ごしてきたのだろうか。小坊に変わる誰かがいたのだろうか。いや、きっとひとりだったに違いない。

何度も死のうとしたのは、寂しさに堪えられなかったからだ。村人に悪さをしたのだから自業自得とはいえ、彼がひとりで生きてきた九百年を思うと胸が痛んだ。

「神に仕える狐って、普通はどれくらいの寿命なんですか」

「長くて十年といったところです。神の使いを終えて仕事をまっとうした狐は、安らかな眠りを与えられるんです」

安らかな眠りをどれほど求めても、陽月には永遠に訪れることがない。計り知れない彼の苦しみと悲しみに、ますます胸が痛くなる。

切り分けたパウンドケーキを載せた皿を手に向き直った裕夢は、どこか寂しげな顔をしている陽月を見つつテーブルに置く。

小皿とフォークをそれぞれの前に配り終えている小坊は、陽月の隣席にちんまりと腰かけている。

話の邪魔をしてはいけないような気がした裕夢は、黙って中嶋の隣に椅子に腰かけた。

「じゃあ、その永遠の命を与えられた狐は、今も生きてるかもしれないと？」

神妙な面持ちで訊ねた中嶋が、フォークで切ったパウンドケーキを口に運ぶ。

「かもしれませんね」

そう答えてふと表情を和らげた陽月もまた、フォークを手にパウンドケーキを食べ始める。

狐の神様の存在を肯定しなかったのは、あくまでも言い伝えとしておきたかったからだろう。

それでも話して聞かせたのは、誰かに知ってもらいたい思いがあったからなのか。

陽月の心中は知る由《よし》もなかったけれど、例えようのない寂しさと悲しさがその胸に深く刻まれていることはだけ理解できた。

「どうしたの、真面目腐った顔して？」

コーヒーカップを手にした中嶋が、隣から裕夢の顔を覗き込んでくる。

「えっ？　本当に狐の神様がいたら面白そうだけど、伝説ってことは作り話なんですよね？　昔の人って凄いなぁと思って」

慌てて表情を取り繕い、肩をすくめてみせた。

あくまでも陽月のことは、古くからある言い伝えにしておかなければならないと、そう思ったのだ。

「確かに、想像力が豊かな人はいつの世にもいるからね」

「昔の人々もあれこれ想像して楽しんできたのだと思いますよ」

中嶋の言葉を受けて大きくうなずいた陽月が、穏やかな笑みを浮かべてコーヒーを啜る。

彼が笑顔を取り戻したのは、身の上を話して聞かせたことで、少しは気持ちが楽になったからだろうか。

「そうそう、考えるのは楽しいですよね。人間に化けられる動物とか、絶対に死なない永遠の命とか、そういった伝説が日本だけじゃなくて世界中にたくさんあるのは、あり得ないってわかっていても想像しないではいられないってことですもんね」

ファンタジーの世界に日々、どっぷり使っている中嶋らしい発言に、みなで顔を見合わせてうなずく。

あり得ないと思っていることが、現実には存在する。けれど、それは目の当たりにしなければ信じることができない。いくら「見た」と力説しても、作り話だと思われてしまうのだ。

そして、想像力が豊かだと勘違いされる。世界の至るところに、奇妙な生き物がいてもおかしくないのだと、裕夢はそんなふうに感じていた。

「それにしても、本殿の鏡を使って天界と下界を行き来するなんて初めて聞きましたよ。いい感じに使えるかもしれない……」

椅子の背に寄りかかって腕組みをした中嶋が、思案顔で遠くを見つめる。

作家に提供するネタを考えているのだろうか。

千年の時を生きてきた陽月と出会ったこともあり、稲荷神社を舞台にしたファンタジー作品に裕夢も興味が湧いてくる。

「中嶋さん」

「なに？」

呼びかけた裕夢に、物思いに耽《ふけ》っていた中嶋がゆっくりと視線を向けてきた。

「その稲荷神社を舞台にした作品のイラストレーターって、もう決まっているんですか？」

「いや、まだだけど？」

中嶋が訝しげに首を傾げる。

「僕にやらせてください！」

身体ごと彼に向き直った裕夢が自ら名乗りを上げると、彼はさらに表情を険しくして見つめてきた。

「だって和風ファンタジーだよ？」

「和風でも大丈夫です、お願いします」

「どうしたの急に？」

あまりにも突然の申し出に、中嶋はかなり驚いているようだ。

「なんか、話を聞いていたらイメージが膨らんだっていうか、なんかこうすごく描きたくなってきたんです」

力強く言い放った裕夢は、これまでになくやる気に満ちあふれている。

内容もまだわかっていないし、作家がどういった作風なのかも知らない。それに、和風ファンタジーの世界を描いたこともない。

それでも、描きたい気持ちを抑えられなかった。新作に狐の神様が登場するかもしれないといった思いがあることは確かだが、新たな世界に挑戦したくなったのだ。

「わかった、プロットが上がってきたら考えてみるよ」

「よろしくお願いします」

色よい返事をもらえ、満面の笑みで頭を下げる。

「仕事に対する意欲があるのはいいことだ。次のイラストも頑張ってくれよ」

「もちろんです」

胸を張って答えると、おもむろに中嶋が椅子から腰を上げた。

「さーて、そろそろ行くかな……」

「えっ？　泊まっていかないんですか？」

訪ねてきて間もないのに帰ろうとする彼を、裕夢は呆気に取られて見上げる。

こんなことは初めてだ。陽月たちが一緒に暮らしているから、泊まらずに帰ってくれるのは有り難いことだ。

「ここから一時間くらいのところに、ちょっとよさげなペンションを見つけたんで、そこの予約を取ってあるんだ」

「ペンションですか？」

およそ似つかわしくない宿泊施設に、思わず笑ってしまう。

「フェアリーテールっていう名前のペンションなんだけど、森の中にポツンと建ってるらしくて、運がよければ妖精が見られるって噂がネットで広まっているんだよ」

真顔で説明してくれた中嶋が、座っている陽月に視線を向ける。

「じゃ、俺はこれで。貴重なお話をありがとうございました。ペンションに行く前に春日坂稲荷神社に寄ってみますよ」

中嶋がそう言うと、驚いたことに陽月が椅子から立ち上がった。それを目にした小坊が、慌てたように席を立つ。

「お気をつけて」

笑顔で見送ると陽月と小坊を残して台所を出た裕夢は、中嶋と並んで廊下を歩く。

「中嶋さん、妖精の噂を信じてるんですか？」

「俺だってただの噂だと思ってるよ。でもさ、ペンションのある森がそれだけ神秘的な雰囲気なのかなぁって考えたら、ちょっと行ってみたくなったんだ」

「そういう場所をよく見つけますよね？」

失礼と知りつつも、つい呆れ顔で中嶋を見てしまう。

仕事熱心で行動力もある彼には感心するばかりだが、行く先は奇妙な場所ばかりなのだ。

「俺はいつまで経っても好奇心が旺盛なんだよ」

冗談めかした彼は、呆れられようが笑われようが、まるで気にしていないようだった。

「妖精と出会えたら教えてくださいね」

「もちろん」

中嶋と一緒に玄関に下りた裕夢は、靴を履いている彼の隣でスニーカーを突っかけ、引き戸を開ける。

「ありがとうございました、お気をつけて」

「じゃあ、また連絡するよ」

片手を上げて玄関を出た彼を見送る。お喋りな中嶋が帰ったとたん家の中が静かになった。

「面白い男だな？」

背後から聞こえた声にハッとして向き直った裕夢を、廊下の端で腕組みをして立っている陽月が、笑いながらこちらを見下ろしてくる。

もう普段どおりの言葉遣いと態度に戻っていた。けれど、それに腹立ちを覚えるどころか、陽月らしくていいと思ってしまう。

彼は最高位の天狐なのだ。傲岸不遜《ごうがんふそん》でかまわない。それこそが、彼に相応しく思えた。

「そういえば、中嶋さんに宮司をしてるって言ったの？」

ふと思い出して訊ねると、陽月が肩をすくめて小さく首を横に振る。

「いや、私は神社にいると言っただけで、勝手に宮司と勘違いしたのだ」

「ああ、そういうことか……」

そう言われたら、宮司と思うのもしかたない。

とはいえ、中嶋が春日坂稲荷神社に立ち寄ると言い残したことが気になる。

「どうかしたか？」

廊下に上がった裕夢を、陽月が眉根を寄せて見つめてきた。

「うん？　中嶋さんが本物の宮司さんと遭遇したら厄介だなと思って……」

「ああ、なるほど」

そういうことかとうなずいた陽月が、顔の前で人差し指を立てる。

そのまま目を閉じてブツブツとなにかを唱えたかと思うと、指先にフッと息を吹きかけた。

「なにしたの？」

陽月をきょとんと見上げる。

「神社に立ち寄ると言ったことを忘れさせたのだ」

「そんなことできるんだ？」

「容易いことだ」

平然と言ってのけた陽月が、台所に向かって歩き出す。

いったい、彼はどれほどの力の持ち主なのだろうか。

人の姿に化けることができ、記憶を消すこともできる。それに、強い神通力《じんつうりき》があるとも、人間の食事を用意してくれたとも小坊は言っていた。

陽月は千年もの長い時を生きているのだから、特別な力も強くなっているのかもしれない。

(千年……)

ふと陽月が中嶋に話して聞かせた、狐の神様の物語が脳裏に浮かんだ。

「さっきの話って、全部、本当のこと？」

「うん？　狐の神様の伝説のことか？」

陽月がふと足を止めた。

「そう……何度も死のうとしたの？」

裕夢は神妙な面持ちで彼を見つめる。

彼が味わってきた苦悩は、彼にしかわからない。自分がそばにいることで、少しでも過去の苦しみは癒やされるのだろうか。

「もう昔のことだ」

「でも、陽月は……」

「そなたと出会った今は、永遠の命を有り難く思っている」

そんな顔をするなと言いたげに微笑んだ彼に、さりげなく腰を抱き寄せられる。

自分が彼の癒やしになっているのなら、ずっとそばにいてあげたい。もう二度と彼には苦しみを味わってほしくなかった。

「昼を過ぎたが、食事はどうするのだ？」

陽月が唐突に話題を変えてきたのは、過去に触れてほしくないからだろう。その気持ちを汲《く》んだ裕夢は、笑顔で彼を見上げた。

「なんか、あんまりお腹が空いてないけど、どうしようか？」

陽月に腰を抱き寄せられたまま、廊下を歩き始める。

「菓子を食べたからな、昼は抜きでいいのではないか？」

「じゃ、お昼ご飯は抜きにして、晩ご飯を少し早めにするね」

「ああ、それがいい」

話をしながら台所に入ると、小坊が後片づけを始めていた。

「ありがとう、あとで洗うからそこに置いといてね」

小坊に声をかけつつテーブルに残っている自分のマグカップを取り上げ、新たなコーヒーをたっぷり満たしてそそくさと廊下に出て行く。

「どこに行くんだ？」

「仕事だよ、邪魔しないでね」

「わかった」

意外にも素直に返してきた彼を残し、仕事部屋に足を向けた。

「千年かぁ……」

改めて陽月が生きてきた年月が、とてつもない長さであったことを思い知った。

初めて愛しいという思いを抱いた相手だと告白してきた彼は、千年ものあいだ誰を愛することも、誰に愛されることもなくきたのだ。

彼は苦悩しかしらない。それは想像を絶する。普通であれば堪えられない。死にたくなる気持ちも理解できた。

「でも、花嫁なんて……」

陽月のそばにいてあげたいとは思うけれど、花嫁となると二の足を踏む。

それに、人間の寿命などたかがしれている。いずれ陽月はまたひとりになり、寂しい思いをするのに、死ぬとわかっている人間をあえて花嫁に選んだ理由がわからないでいた。

＊＊＊＊＊

夕刻になって仕事をいったん終えた裕夢は、小坊と二人で夕食の準備をしている。

再び雨が降り出したというのに、陽月の姿がないのを不思議に思って小坊に訊ねてみると、神社に行っていると答えが返ってきた。

そういえば、朝も神社に行くと言い残して出かけて行ったが、こちらで暮らし始めたことでなにか不都合でも起きているのだろうか。

「いい匂いがしますね」

裕夢がおたまで掻き混ぜている鍋の中を、隣に立つ小坊が覗き込んできた。

「カレーを食べるのは初めて？」

「はい、食べた記憶がありません」

「百年前って、まだカレーってなかったのかなぁ……」

小坊が生まれたのは百年前だから、大正時代の初期にあたる。

日本でカレーが普及したのがいつ頃なのかよく知らないけれど、明治時代にはもうあったようなことを、どこかで聞いた気がしてならない。

「あっ、でも陽月さまが知らなかっただけかも」

「ああ、それはあるかもね」

笑って見上げてきた小坊に、納得顔でうなずき返した。

陽月が誕生したのは千年も前のことであり、小坊が生まれた時代にそぐわない食事を妖力で出していた可能性がある。

「小さいころって……」

なにを食べさせてもらっていたのかを訊こうとしたところで、廊下を歩く足音に気づいて振り返った。

「お帰りなさい、カレーがもうすぐできるよ」

台所に姿を見せた陽月を、裕夢は笑顔で迎える。

「どうかしたの？」

黙っているのが気になって訊ねると、彼は無言で肩をすくめて椅子に腰かけた。

神妙な顔で黙り込むなど彼らしくない。

それに気になるのは、彼が雨に濡れていないことだ。そういえば、朝早くに雨の中、出かけたときも、傘を貸してくれといってこなかったのに、帰ってきたときは濡れていなかった。

神様だから雨に濡れないのだろうかと考えていると、テーブル脇に立つ裕夢を不意に陽月が見上げてきた。

「食事より酒がいいのだが、あるか？」

「お酒は飲まないから置いてないよ」

「では、買いに行こう」

妙な雰囲気を漂わせているかと思えば、急に酒が飲みたいと言って立ち上がった陽月を、今度は裕夢が見上げる。

「今から？　酒屋さんは村の外だよ」

「それくらい知っている」

「だったら……」

「たまには一緒に買い物をするのも楽しいだろう？」

そう言って笑った陽月が、例の如《ごと》く人差し指を立てる。

特別な力でなにかするつもりだと察した裕夢は、慌てて彼の人差し指を掴んだ。

「ちょっと待って、ガスの火が……」

彼を制してガスコンロの火を消した。

「もうよいか？」

「よいかって言われても……あっ、お酒を買うならお金が……」

「ああ、財布か」

そうつぶやいた陽月が、人差し指の先に息を吹きかける。

次の瞬間には、彼の掌《てのひら》に二つ折りの財布が載っていた。

「さあ」

取れとばかりに片手を差し出してくる。

彼の手にあるのは紛れもない自分の財布で、なにが起きたのかさっぱりわからない裕夢は、大きな瞳を瞬《しばた》かせた。

「どうしたの、これ？」

「財布が必要だったのだろう？」

「そうだけど……」

「行くぞ」

短く言い放った陽月が指先に息を吹きかけたとたん、身体が目に見えない強い力に引っ張られ、間もなくして目の前が白くなり始める。

「うわっ……」

この感覚には覚えがあった。陽月が突如、枕元に現れた日、ふと立ち寄った神社の拝殿前で起きた感覚と同じだ。

あのときは、気づけば本殿の中にいた。ならば、今回は村の外れにある酒屋に移動しているのだろうか。

でも、いきなり酒屋に三人が姿を見せたりしたら、店主が腰を抜かしてしまいそうだ。

周りが見えないままぼんやりとそんなことを考えていると、ふっと目の前が明るくなった。

「あっ……」

三人が立っているのは、荒いアスファルトの道の上だ。

いつの間にか雨は上がっていたが、空は重たい雲に覆われていてあたりは薄暗い。

雨が降っていたせいか人の姿はなく、遠くにぽつりぽつりと商店の明かりだけが見える。

まさに瞬間移動だ。陽月の驚くべき力に感心してしまう。けれど、そんな場合ではないことにすぐ気づいた裕夢は、隣に立っている陽月の腕を掴む。

「誰かに見られたらどうするつもり？　こんなことしたら、陽月の正体がばれちゃうかもしれないのに」

「そのときは記憶を消すだけのこと」

あっさりと言ってのけた陽月が小坊を連れ、酒屋に向かって歩き出す。

「はーぁ……」

裕夢は大きなため息をもらしてから、彼らのあとを追った。

陽月にできないことはなにもなさそうだ。万能ともいえる彼に嫁いだりしたら、きっと苦労するに違いない。

「いらっしゃいませー」

景気のいいかけ声が聞こえてきた酒屋に、陽月と小坊が入っていく。

ちゃんと買い物ができるのかと急に心配になり、慌てて店に飛び込んでいった。

「こんばんは」

「おや、山吹さんとこの坊ちゃん、こんな時間に珍しいね？」

気さくな店主が、にこにこ顔で迎えてくれる。

「お酒が飲みたいっていうんで」

棚を眺めている陽月を軽く指さす。

「お客さんかい？」

「ええ……」

とりあえずうなずき、陽月と小坊に歩み寄って行く。

「純米、吟醸《ぎんじょう》、大吟醸《だいぎんじょう》、なにがお好みですかね？」

脇に立った店主に、陽月が笑顔で訊ねる。

「冷やで美味い辛口はどれかな？」

「ああ、それでしたら〈かすみの華〉がお勧めですよ。試し飲みしてみますか？」

「いや、店主のお勧めを信じよう」

「ありがとうございます」

満面の笑みで頭を下げた店主が、棚から一升瓶を取り出してレジカウンターに戻る。

「東京からのお客さんかい？　やっぱり垢抜けてるねぇ」

支払いをするためカウンターの前に立った裕夢に、店主がこそこそと話しかけてきた。

誰が見ても陽月は格好よく映るのだと、改めてその美形振りに感心する。

「なんだかいやな天気が続いているねぇ」

「ホントですよね、降ったかと思ったらすぐに止んだりして、ちょっと前まで降ってたのに、もう上がってますよ」

「また龍神さまが暴れ出したのかもしれんって、さっきもウチのと話してたとこでねぇ」

「龍神さまって？」

店主が始めた世間話に合わせていた裕夢も、唐突に出てきた言葉を不思議に思い、財布から札を取り出しながら小首を傾げる。

「そこの春日坂稲荷神社に泉があるのは知ってるかい？」

「境内の隅にある泉のことですか？」

裕夢は店主に答えながら、神社に住んでいる陽月が龍神を知っているのかが気になり、さりげなく目を向けた。

けれど、彼は背を向けて棚に並ぶ酒を眺めていて、表情を見ることができない。

同じ神社にいる神様のことを、知らないはずがない。あえて素知らぬ振りをしているように も感じられた。

「昔からそこには龍神さまが住んでいると言われてるんだが、悪さばかりするもんで村人から 嫌われててね」

「龍神さまって神様なんでしょう？　それなのに悪さをするんですか？」

「悪さばかりだ。泉の主で、水の神様だっていうのに、洪水になるくらい雨を降らしたり、畑 が干上がっていても雨を降らさなかったりと、昔はいろいろひどいことをしてきたんだよ」

「へぇ……」

陽月に会っていなかったら、村の人はずっと迷信を信じているのだなとしか思わなかった。 けれど、今は違う。五穀豊穣をもたらす稲荷神が実在していのだから、水の神様もいると確 信していた。

「御稲荷さまがなんとかしてくれるといいんだが……はい、二十円のお釣り」

話の途中でお釣りを渡された裕夢は、もっと聞きたかったのにと思いながら、ビニール袋に 入れてくれた日本酒を抱える。

「どうも」

「ありがとうございましたー」

店主が元気な声をあげると、それまで背を向けていた陽月が振り向き、裕夢が抱えている日本酒を取り上げた。

(持ってくれるんだ……)

ちょっとした気遣いを嬉しく思ってしまう。

恋人と一緒に買い物をするのは、こんな感じなのだろうか。

(男なのに……)

自分が女性の立場になって考えていることに気づき、どうかしていると胸の内で笑う。

「家に戻るぞ」

酒屋を出てしばらく歩いたところで足を止めた陽月が、あたりを見回して誰もいないことを確認するなり、立てた人差し指の先に息を吹きかけた。

「うわっ……」

グイッと引っ張られる感覚に驚きに声をあげたものの、三度目ともなると不安もなく、裕夢は目を閉じて為すがまま身を委《ゆだ》ねる。

「はや……」

ふと気づけば台所に立っていた。

酒屋までの距離は三キロほどあるのに、移動にかかったのはほんの一瞬。

台所の柱時計に目を向けて見れば、店にいた時間も含めて十分ほどの出来事だった。

「さて、飲むか……」

一升瓶が入ったビニール袋をテーブルに下ろした陽月が椅子に座ると、小坊がそそくさと食器棚からグラスを取ってくる。

酒屋にいたときの小坊はひと言も口をきかなかった。そういえば、一緒にいるときはよく喋るけれど、陽月がいると無口になる。

陽月は小坊を可愛がっているし、小坊は陽月を慕《した》っているようだが、主従の関係は確立されているのかもしれない。

「カレー、温めなおさないと……」

ガスコンロの火を点け、冷凍庫からご飯を二つ出して電子レンジに入れ、タイマーをセットする。

「小坊……」

振り返ってみると、小坊は陽月に酌をしていた。今は用を頼めそうにない。

裕夢はカレー用の皿など食事に必要なものを自ら取り出し、冷蔵庫から水のポットを出してくる。

「ああ、美味い」

さっそく酒を飲んだらしい陽月が、満足そうな声をもらした。

「龍神さまって、本当に悪い神様なの？」

おたまで鍋の中を掻き混ぜていた裕夢は、背を向けたまま陽月に訊ねた。

「気まぐれに天候を弄ぶような輩《やから》だ。大量の雨を降らし続けたり、何ヶ月も日照り続きにしたりしたものだから、村人たちの怒りを買ってしまったのだ」

やはり陽月は龍神のことを知っていた。

春日坂稲荷神社には稲荷神と龍神がいることになる。神様同士の仲はどうなのだろう。

「恨みを買う神様もいるなんて面白いね」

ご飯とカレーを盛りつけた二つの皿をテーブルに運び、陽月の向かい側に腰かける。

小坊は陽月に酌をしながらも、グラスに水を満たしてくれていた。

「いただきまーす」

昼食を抜いたこともあって腹を空かせていた裕夢は、出来たてのカレーをパクパクと食べていく。

カレーを初めて食べる小坊は、恐る恐るスプーンを口に運んでいたが、ゴクリと飲み下すと顔を綻《ほころ》ばせた。

「美味しい？」

「はい、とても」

気に入ってもらえたようで安心する。

たまに中嶋が訪ねてくるくらいで、ほとんど来客はない。

ひとりでの食事にも慣れたけれど、やはりテーブルを囲む人は多いほうが楽しいのだと実感する。

「龍神さまって何年くらい泉にいるの？」

「ああ、私とほぼ同じだ」

「千年ってこと？」

驚きに目を丸くした裕夢に、酒を満たしたグラスを傾けながら陽月がうなずく。

「じゃあ、仲良しなんだ？」

「いや」

苦々しい顔で首を横に振った。

「仲がいいどころか、私は青水《せいすい》に恨まれている」

「龍神さまは青水って言うの？」

「ああ」

「それで、どうして陽月は恨まれているの？」

「もう何百年も前のことだ。洪水や干《かん》ばつで苦しんできた村人たちが堪忍袋の緒を切らし、私に青水を罰するよう願いを捧げてきた」

「神様に神様を罰してって頼んだんだ？」

「村人が縋《すが》る者など稲荷神しかいないからな」

一気に酒を呷《あお》った陽月が、空のグラスをテーブルに下ろす。

すぐさま一升瓶を抱えた小坊が、新たな酒をグラスに満たしていく。

甲斐甲斐しく世話をする小坊はとても穏やかな表情を浮かべていて、陽月に仕えることに喜びを感じているのだとわかった。

「それで陽月は村人の願いを聞き入れたの？」

「もちろんだ。青水が水底で眠っている隙を見計らい泉を封印したのだ。だが、どうやらその封印が長い時を経て解けてしまったのだ」

「あっ、神社に行ったのって、泉のことが気になったからなんだ？」

「そうだ。朝のうちはまだ少し私の精が感じられたのだが、先ほど確認したときにはまったく感じられなくなっていた」

陽月が苦渋《くじゅう》の面持ちでまたしてもグラスを呷る。

このところ天候が安定しないのは、封印が解けて自由を手に入れた龍神が、またしても天候を弄び始めたからなのかもしれない。

「それなら、もう一度、青水を泉に封印すればいいんじゃないの？」

ふとした思いつきを口にした裕夢を見て、陽月は力なく首を横に振った。

「できればそうしたいところだが、勝手に封印することはできない。私は村人たちの願いを叶える立場にあるからな」

「そうなんだ……」

なにも言えなくなった裕夢は、黙々とカレーを食べる。

絶対的な力を持っていながら、手の施《ほどこ》しようがなくて悩む彼を見ているのが辛い。

けれど、村の守り神としての役目を果たせない彼のほうが、自分よりもっと辛い思いをしているはずだ。

なにかできることがあれば率先してやってあげたい。でも、神様ですら手に負えない状況にあるのだから、自分などなんの役にも立たないだろう。

(これからどうなるんだろう……)

自由の身となった青水はここぞとばかりに、陽月に対する積年の恨みを果たそうとするかもしれない。

龍神というからには、もとの姿は龍ということか。単純に考えても狐より龍のほうが強そうだ。陽月は最高位の天狐であるが、龍神に勝ち目はあるのだろうか。

(陽月……)

不安を感じてちらりと目を向けると、陽月は厳しい顔つきでひたすら酒を呷っていた。

やはり龍神の復活ともなると、落ち着いてはいられないようだ。

(でも……)

何百年も泉に封印されていた青水は、陽月のことなど忘れてしまっている可能性がある。

嫌な予感が当たってほしくない裕夢は、無理やり都合のいいように考えながらカレーを食べていた。

＊＊＊＊＊

寝る準備をすませて裕夢が寝室に戻ると、敷いた布団に白い薄衣を纏った陽月が横たわっていた。

頭には尖った耳があり、上掛けの外ではふさふさの長い尻尾が揺れ動いている。その姿にどうしても懐かしさを覚えてしまう。

「また一緒に寝るつもり？」

「嫌か？」

肘枕をしている彼が、不満げに見上げてくる。

子供のように拗《す》ねた顔をしている彼を見て笑いながら、静かに襖を閉めて布団に歩み寄っていく。

「べつにいいけど」

そう答えた自分に驚きながらも、追い返したい気持ちにならなかった裕夢は、上掛けを捲って横になった。

「そなたはいい子だ」

嬉しそうに目を細めた陽月が、いきなり抱きしめてくる。

一気に鼓動が速まり、羞恥《しゅうち》に襲われた。

「陽月……」

裕夢は困惑も露《あら》わに見返す。

どうして急に恥ずかしくなったのか、それがわからないから狼狽《うろた》えてしまう。

「恥じらうそなたが愛しくてたまらぬ」

熱い吐息混じりに囁き、そっと唇を重ねてくる。

「んん……」

生まれて初めて交わすキスに、鼓動がさらに速くなった。

きっと陽月は、鼓動の激しさを布越しに感じ取っていることだろう。そう思うと、ますます恥ずかしくなっていく。

ファーストキスの相手が、狐の神様で男なんて信じられない。けれど、抗う気持ちがこれっぽっちも湧いてこないでいる。そんな自分がひどく不思議だった。

「ん……ふっ」

唇を舐めてきた陽月が、今度は柔らかに噛んでくる。

くすぐったくて小さく肩が震える。と同時に、身体から力が抜けていった。

「ぅ……んん」

無意識に歯を食いしばっていたのに、知らぬ間にあごが緩んでしまったのか、陽月の舌がスルリと入ってくる。

本格的なキスは舌を絡め合うのだと知っていたけれど、実際に体験してみると驚きしか感じない。

「んっ……」

口内を動き始めた舌の感覚に、いったんは脱力した身体が強張《こわば》ってしまう。

頭を抱き寄せられ、深く唇を重ねてきた彼に口内を余すところなく舐められ、さらには舌を搦《から》め捕《と》られ頭が真っ白になっていく。

「ん――っ」

搦め捕った舌をきつく吸い上げられ、胸の奥深いところが疼《うず》いてハッと我に返る。

何度も何度も舌を吸われて身体が火照《ほて》り出し、急に怖さを覚えた裕夢は両手で陽月にしがみついた。

「ふ……っ」

抱きしめる裕夢の手を、柔らかな尻尾がさわさわと撫でてくる。

懐かしい感触に、またしても脱力していった。

どうして陽月に抱かれていると、こんなにも心地よく感じてしまうのだろう。

温かくて、気持ちよくて、我を忘れていった。

「ひゃっ」

とんでもない事態に、顔を背けて唇から逃れた裕夢は、慌てふためいて陽月の腕を掴むパジャマの上着を捲り挙げた陽月が、下着の中に手を忍ばせてきたのだ。

「やっ……」

大きな手で己をやんわりと包み込まれ、裕夢の腰が跳ね上がる。

「そなたはここも可愛らしい」

耳元で囁いてきた陽月が、己を包み込んでいる手をゆっくりと動かし始めた。

「あぁ……」

抗うより早く感じてしまい、ぶるぶると身を震わせる。

自慰しかしたことがないそこは、思っている以上に敏感で、瞬く間に熱を帯びてきた。

「や……陽月……」

彼の手に反応してしまったことの恥ずかしさに、しどけなく身を捩《よじ》って逃げ惑う。

陽月は自分と同じ男なのに、どうしてこんなにも感じてしまうのだろう。それがわからないから混乱する。

「ひっ……ん」

輪にした指で丹念に扱《しご》かれ、くびれから先端あたりを念入りになぞられ、早くも下腹の奥から馴染みある感覚が湧き上がってきた。

「お願い……手……離して」

このままでは彼の手の中で射精してしまいそうだ。

そんなことができるわけがない。

頭ではそう思っていても、未熟な身体は辛抱が利きそうになく、どんどん熱が高まる。

「達したいのだろう？　好きなときに出してよいぞ」

耳をかすめた甘声が、まるで悪魔の囁きに聞こえた。

先端を濡らす蜜をくびれに塗り込められ、裏筋を指先で辿られ、投げ出している脚がヒクヒクと痙攣《けいれん》する。

「あっ……も……」

抗い難い射精感に襲われた裕夢は、我を忘れて腰を前後に揺らし始めた。

「あっ、ああっ……」

おかしくなってしまいそうなくらい、気持ちがよくてしかたない。

早くすべてを解き放ちたい思いしかなく、無我夢中で腰を揺らし続ける。

「くっ……あぁぁ――――」

頂点が見えてきた裕夢は、手に触れている柔らかな尻尾を無自覚に抱え込む。

たまらなく心地いい手触りにうっとりした瞬間、限界に達した。

「出ちゃ……う……陽月……もっ、出る……」

譫言《うわごと》のようにつぶやきながら強烈な快感に身を任せ、勢いよく腰を突き出して吐精する。

「くっ……」

歯を食いしばってあごを反らし、かつて味わったことがない解放感に酔いしれる。

全身が蕩《とろ》けてしまいそうだ。いままでの吐精とはまったく違う。こんなにも気持ちがいいなんて知らなかった。

「はふっ」

小さく身震いした裕夢の身体からスーッと力が抜けていくと同時に、甘い痺れが隅々まで広がっていく。

まさに天にも昇る心地。ずっとずっと味わっていたいと思うほどに、甘い痺れの虜《とりこ》になる。

「裕夢」

呼びかけてきた陽月に耳朶《みみたぶ》を甘噛みされ、現実へと引き戻された。

「ひ……陽月……」

彼の手で達してしまったことを思い出し、顔中が真っ赤になる。

「恥ずかしがらずともよい。そなたの可愛らしい声が聞けて、私はこのうえなく嬉しいのだ」

破顔《はがん》した陽月にやんわりと頭を抱き込まれ、湧き上がってきた安堵感に羞恥が掻き消されていく。

いったい、どうしてしまったのだろう。いくらでも逃げ出せたはずなのに、そうしなかったのが信じられない。

陽月とキスを交わすことも、彼の手で頂点に導かれるのも、本当はあってはならないことのはずなのに、抗わずに受け入れてしまった。

「陽月……」

ふと離れがたい思いに囚われ、そっと陽月の背に両の手を回す。

どうして……同じ言葉ばかりが頭の中で渦巻いている。

いくら考えても答えの出ない問いに疲れ果てた裕夢は、いつしか陽月の腕の中で深い眠りに落ちていた。

第三章

朝から空はどんよりと曇り、太陽の気配すら感じない。

しばらく雨は降っていないのだが、鬱陶《うっとう》しい空模様がもう何日も続いている。

裕夢が寝室の布団で目を覚ましたとき、一緒に寝たはずの陽月の姿がなかった。

台所にいた小坊に訊ねてみたら、またしても神社に行ったとのことだった。

やはり、龍神のことが気になっているのかもしれない。よくないことが起きる前兆を、陽月は感じているのだろうか。

そう思ったら居ても立ってもいられなくなり、小坊と一緒に簡単に朝食をすませてからひとり家を出てきた。

長袖のシャツにデニムパンツという、いつもと変わらない格好に、スニーカーを履いて神社に向かう裕夢は、重い雲に覆われた空を見上げて大きなため息をもらす。

「はーぁ……」

神社に行ったという陽月が気になるのだが、なんとも足取りは重く、ため息ばかりを繰り返している。

ふとした瞬間に、陽月の手で昇り詰めてしまったあの夜のことを思い出してしまうのだ。

あんなことをしておきながら、陽月はなにを言うでもなく、これまでと変わらない態度で接してきている。

あの夜以来、一緒に寝ていても手を出してくることはないのだが、陽月の腕に抱かれているだけで妙な気分になってしまい、寝付くまでに時間がかかるようになっていた。

ただ、いつまでも起きていると陽月が気にしそうで、早々に寝たふりをしているのだ。

「どうして、あんなこと……」

陽月の手で頂点へ導かれたあの瞬間を思い出すだけで、羞恥に顔が火照ってくる。

あの夜の自分が、まったく抗わなかったばかりか、いとも容易く陽月の愛撫に感じてしまったのが不思議でならない。

陽月がキスやそれ以上のことをしてきたのは、花嫁として迎えたいと思うほどに自分を欲してくれているからだ。

恋愛経験が皆無《かいむ》であっても、好きな人にキスをしたり、触れたくなる気持ちは理解できる。

ならば、キスばかりか秘所に触れられても拒まなかった自分は、陽月のことをどう思っているのだろうか。

「陽月だから許せた……他の人だったら絶対に……」

愛撫が気持ちよかったから、抵抗しなかったわけではない。どんなに気持ちがよかったとしても、陽月でなければ断固として拒んでいたはずだ。

陽月と一緒に過ごし、彼の優しさや寂しさを知った。どれほど自分を必要としてくれているかもわかった。

そばにいるのがあたりまえになっていて、このままずっと一緒に暮らせたら楽しいだろうなと思う。

そんなことを考えてしまうのは、ずっと待ってくれていた陽月の思いに応えたいと、心のどこかで思い始めているからかもしれない。

「はぁ……」

陽月は好きだ。最初こそ苛《いら》つきもしたが、もう好ましい存在になっている。でも、その好きという気持ちが恋かどうかがわからないのだ。

自分のことなのに、はっきりしないのがもどかしくてならない。もう少し彼と暮らしていけば、明確になるのだろうか。

答えの出ない問いに悶々としたまま足を進めた裕夢は、春日坂稲荷神社の大きな鳥居を潜り、境内の外れにある泉を目指す。

「陽月、どこに行ったんだろう……」

あたりを見回してみたが、陽月の姿は見当たらなかった。

彼は特別な力を使って家に戻った可能性もあり、行き違いになってしまったのかもしれないと思いつつ泉に歩み寄って行く。

境内に泉があることは知っていたが、祖父や父から話を聞いているだけで、間近で見たことはなかった。

「もっと大きいのかと思った……」

ごつごつとした岩に囲まれた泉は、直径にして五、六メートルといったところだろうか。

静かな水面が、周りの樹々を映し出している。水はとても清らかで、底まで見えそうなのだが、低い竹の柵《さく》が周りに設けられていて水辺まで近寄ることはできない。

「ここに龍神さまがいるのか……」

陽月との出会いがなければ、絶対に信じることもなかっただろう。

龍神は人間の想像によって生まれた架空の生き物だと、この先も思っていたはずだ。

「どんな姿をしているんだろう……」

村人たちの怒りを買ったという龍神が気になった裕夢は、柵から身を乗り出して泉の水面を眺める。

「えっ？」

急に水面がゆらゆらと揺れ始めた。

風など吹いていないのに、いったいどうしたことだろうか。

しばらくして、泉の水がうねりながら盛り上がり始める。マグマが爆発する前触れのような光景に息を飲んで見つめる。

「うわっ！」

突如、噴水のごとく水が空高く噴き上がり、あまりの驚きにぴょんと飛び退いた裕夢は、バランスを崩して尻餅をついた。

「なっ……なに……」

噴き上がった水がどんどん形を変えていく。

尻餅をついた痛みなど感じる余裕もなく、ただただポカンと口を開けて目の前を凝視する。

「りゅ……う……」

紛れもない龍の姿に形を変えた水が、こちらに迫ってきた。

急に恐怖を覚えて立ち上がった裕夢は、すぐさま背を向ける。

「いいところに来たな」

背後から聞こえてきたぞっとするような低い男の声に、ハッとした顔で振り返った。

すぐ目の前に、時代錯誤な格好をした大男が立っている。神社の本殿にいたときの陽月のように、平安調の衣装を纏っているのだが、全身が黒ずくめで威圧感があった。

肩を覆う長い髪は漆黒で、顔立ちは端整ながらも厳《いか》つい。そして、なによりも驚いたのは、頭に鋭利《えいり》な二本のツノが生えていることだった。

（ま……まさか……）

よく目を凝らすと、男の後ろに長い尾が伸びている。それも、ふさふさとした毛の尻尾ではなく、硬い鱗《うろこ》に覆われていた。

この男は化身した龍神だろうか。ツノと尾は龍のものに似ている。

封印が解けてしまったと陽月が言っていたから、青水が泉から出てきたのかもしれない。

射るような視線を向けてくる男が恐ろしく、早く逃げなければと思うのだが、足が震えて動けなかった。

「だ……誰だよ」

どうにか力を振り絞って声を出した裕夢に、大男が舌なめずりをしながら近づいてくる。

「俺はその泉の守り神、青水だ」

地を這うような低い声に、裕夢はゴクリと喉を鳴らす。

やはり龍神の青水だった。

見た目も声も恐ろしくてしかたない。全身が怒りに満ちているように感じられる。同じ神社にいる神なのに、どうしてこうも陽月と違うのだろう。

「おまえの精を寄こせ」

青水が手を伸ばしてくる。

長い指の先にあるのは、湾曲した鋭い爪。

たったのひと掻きで、容易く人間の肌を切り裂くことができそうだ。

裕夢は前を見据えたまま、なけなしの力を振り絞って後ずさりする。

「長いあいだ水底にいたせいで力が衰えているのだ。おまえのような若い男の精気を喰らえば力が漲《みなぎ》ってくるはず」

「うわ――――っ」

にんまりとして、前につき出してきた青水の手が肩に触れた瞬間、裕夢は一目散に逃げ出した。

恐怖に身が竦んでいたのが嘘のように、足が驚くほど速く動く。

これなら逃げ切れるかもしれない。そう思った裕夢の前にいきなり青水が立ち塞がる。

彼は後方にいたはず。そうか、陽月と同じで瞬間移動できるのかと気づくと同時に、逃げ切

ることはできないと悟る。

「美味そうだ」

唇の端を大きく引き上げた青水に、ガシッと腕を掴まれてしまい、万事休《ばんじきゅう》すとなった。

「やだ！　離せよ！」

無駄な抵抗と知りつつも、おとなしくなどしていられない裕夢は激しく暴れる。

「おとなしくしていろ」

恐ろしい形相で言い放った青水がカッと目を見開くと、空に稲光が走り雷鳴が轟《とどろ》いた。

「ひっ……」

びっくりして目を閉じたそのとき、身体がなにかに強く引っ張られ、さらには浮き上がる。

「裕夢は私のものだ。触れることは許さない」

不意に耳の近くで聞こえた声にパッと目を開けると、陽月の胸にすっぽりと抱かれていた。

それればかりか、目の前にいたはずの青水から遠く離れている。

間一髪のところで、陽月に救われたようだ。

「陽月……」

それにしても、いったいどこから現れたのだろうか。

耳と尻尾が出ている陽月は、あの煌びやかな衣装に身を包んでいた。

「私のものか……なるほどな」

吐き捨てた青水が、不適な笑みを浮かべる。

「おまえにはただならぬ恨みがある。まずは積年の恨みを晴らすのが先だな」

天に向けて指を突き立てた青水がなにか唱えると、急に雷鳴が勢いを増して激しい雨が降り出した。

「おまえを倒し、おまえの思い人を喰らい尽くす。これほど楽しいことは他にない」

ズイッと進み出てきた青水が、今度は天に突き立てた指をゆっくりと回す。

にわかに樹々の葉がざわめき、しだいに大きく枝が揺れ始めた。

「うわっ」

瞬く間に暴風雨となり、びしょ濡れになった身体が陽月と一緒に飛ばされそうになる。

「覚悟しろ」

「おまえと戦うつもりはない」

衣を靡《なび》かせながらタンと飛び上がった青水に言い放った陽月が、口元に寄せた人差し指に息を吹きかけた。

「なにを――っ……」

ゴォゴォと風が音を立てる中に響いた怒りに満ちた声が、ふっと途切れる。

急にどうしたのだろうかと思う間もなく、気がつけば家の玄関前に立っていた。

「陽月……」

安堵の笑みを浮かべて見上げると、なぜか陽月はまったく濡れていない。髪も顔も衣装も、なにひとつ濡れていないのだ。

それればかりか、家の周りはまったく雨が降った形跡がない。おかしいと思って自分に目を向けてみると、土砂降りの雨に打たれていたはずなのに、どこも濡れていなかった。

「なんで？　さっき、雨が降ってたよね？」

「あれは結界の中で起きたことであり、現実とは異なるのだ」

「結界？」

理解し難い顔をしていた裕夢は、陽月の説明を聞いてさらに首を傾げる。

陽月と出会ってから、ずっとファンタジー小説の中にいるような気分だ。未知の世界をもっと知りたくなって、次々に質問してしまう。

「化身した姿を人間の目に晒《さら》すほど、青水も愚かではない。先ほどのそなたは、青水が張った結界の中にいたのだ」

「結界って簡単に破れないんだよね？　青水が張った結界の中に、陽月はどうやって入ったの？」

ファンタジー小説の受け売りだが、実際は異なるのだろうかと興味を募らせた。

「長らく封印されていた青水は、かなり力が弱っているのだ。そのような状態であれば、結界を破るのは容易い」

裕夢はなるほどとうなずきながら玄関の引き戸を開け、家の中に入っていく。

あとから入ってきた陽月にふと目を向けると、いつもの人間の姿に戻っていた。

相変わらずの色男ぶりだが、耳と尻尾が出ていないと残念に感じてしまう。あきらかに異様な姿なのに、耳と尻尾があるほうが安心するというか、いいなと思っているのだ。

「そういえば、僕の精で力をつけるみたいなこと言ってたけど、どういうこと？」

スニーカーを脱いだ裕夢は、陽月と一緒に廊下に上がり、台所に向かって歩き出す。

「我々が力をつけるには、人間の精を喰らうのが手っ取り早いのだ」

「我々って……陽月もそうなの？」

一括《くく》りにしたことに違和感を覚え、足を止めて陽月を見上げる。

「私は力が衰えたことがないゆえ、人間の精を喰らったことはない」

足を止めることなくきっぱりとした口調で答えた陽月を、急ぎ足で追いかけた。

「あのさぁ、どうして青水と戦わなかったの？　青水は弱ってるんだから、陽月は簡単に勝てたんじゃないの？」

「龍族はどうか知らないが、私は戦うことを禁じられているのだ」

「神様に？」

短い問いかけに、陽月が黙ってうなずき返してきた。

稲荷神社では狐を神として祀っている。春日坂稲荷神社に祀られている陽月は、村の守り神であるけれど、狐は本来、神の使いだということをふと思い出して納得した。

「青水はものすごく怒ってたみたいけど、追いかけてきたりしないかな？」

「ここにいれば安全だ」

「ここ？」

またしても足を止めると、今度は陽月も立ち止まって見返してきた。

「ああ、家の周りに結界を張ってある」

「絶対に青水は入れないってこと？」

「いまの青水には無理だ」

大きくうなずいた陽月の言葉に、今の青水とはかなり力に差があるようだとわかる。

とはいえ、いずれは青水も力を取り戻すはずだ。それに、いつまでも結界の中にいるわけにもいかない。

これからどうなるのだろうか。陽月を恨んでいる青水は、再び戦いを挑んできそうな気がしてならない。

同じ神社にいるのに、仲が悪いのも考え物だ。どうにか平和にやっていけないものかと、村の鎮守《ちんじゅ》のことだけに真剣に思い悩む。

「それより、裕夢はなにをしていたのだ？」

唐突に咎《とが》めるような口調で訊いてきたが、意味がわからず裕夢は首を傾げる。

「えっ？」

「なぜ泉の前にいたのだ？」

裕夢が自ら危険な場所に足を運んだことを、陽月は訝しがっているようだ。

「まさか青水が出てくるとは思わなかったし、小坊から陽月が神社に行ったって聞いて、なんか心配になったから……」

理由はどうあれ陽月に救われたのは確かだから、申し訳ない思いで肩をすくめてみせる。

「私を心配してくれたのか？」

「うん」

打って変わって表情も声も和らげた陽月に、コクリとうなずき返した。

「そなたは可愛いな」

目尻を下げた陽月に腰を抱き寄せられ、泡を食った裕夢は両手で広い胸を押し戻しながら背を反らす。

けれど、彼はその程度の抗いなどものともせずに、さらにグイッと腰を引き寄せてきた。

「ちょ……朝っぱらかなにやってんの？」

いまにもキスをされそうで、鼓動がどんどん激しくなっていく。

あの夜以来、キスもしていないというのに、急にどうしたというのだ。

「夜ならよいというのか？」

「そういうことじゃなくて……」

真顔で訊いてきた陽月に呆れ顔で言い返しながら、なんとかもがいて腕から逃れた裕夢は肩で息をつく。

「はぁ……」

「陽月さま、裕夢さま、おかえりなさいませ」

台所からひょっこりと顔を出した小坊に驚き、咄嗟《とっさ》に陽月から離れる。

そういえば、小坊は夜ごと陽月が客間を抜け出していることを知っているのだろうか。

陽月はぐっすり寝ているから大丈夫だと言うが、やはり気になる。

とはいえ、これぱかりは本人に訊くわけにいかない。もし本当に気がついていないのであればやぶ蛇だ。

仮に知っていながら黙っているとしたら、小坊はそうすることが正しいと思っているのだろうから、あれこれ考えても意味がないように感じられた。

「小坊、留守番させてごめんね」

いつもと同じ口調で声をかけ、陽月と並んで小坊に歩み寄って行く。

「なにかお飲みになりますか？」

「コーヒーでも飲むかな」

その答えに小さく笑った裕夢は、陽月を見上げてからかいの言葉を口にする。

「お酒じゃなくていいの？」

「朝から酒を飲むなど不謹慎だろう？」

当然のように答えた陽月に、よく言えたものだと呆れながらも、小坊の手前、なにも返さずに我慢した。

「裕夢さんもコーヒーでよろしいですか？」

笑顔でうなずき返すと、小坊は台所に走って戻って行く。

小坊がいなければ、陽月に言いたいことが言える。けれど、彼がいなければきっと寂しいに違いない。

それくらい陽月と小坊がいる生活が、いまはもうあたりまえになってしまっているのだ。

本来、彼らは神社の本殿にある鏡から通じる天界で暮らしている。いくら陽月が強力な神通力の持ち主であっても、いつまでもここにいてはいけないはずだ。

『そなたの気持ちが変わるまでここで暮らすことにしたのだ』

あの日、居座ることに決めた陽月の言葉を、裕夢はふと思い出した。

もしも気持ちが変わらなかったら、彼はどうするつもりなのだろうか。

諦めて天界に戻るのだろうか。

そうなったら、もう二度と彼は姿を見せないような気がする。

傲慢で、横柄で、でも優しくて、寂しがり屋の彼と、もう会うことができない。

（そんなの嫌だ……）

考えただけで、胸にぽっかりと穴が空いたような気分に陥《おちい》った。

「どうした？」

「えっ？」

肩にそっと手を回してきた陽月を、神妙な面持ちで見つめる。

彼の花嫁になれば、ずっと一緒にいられるのだ。

躊躇《ためら》う自分を、もうひとりの自分が迷うことはないと唆《そそのか》してきた。

陽月のそばにいたい。でも、男なのに花嫁になるのはおかしい。二つの思いが胸の内で錯綜《さくそう》する。心はそう簡単には決まらない。

「なんでもない」

「なんでもないといった顔ではないぞ？」

笑顔で首を横に振ったけれど、陽月は納得できなかったようで、肩に回している手を下ろして顔を覗き込んでくる。

「陽月って、人の心を読むことはできないの？」

ふと気になって訊いてみただけなのに、なぜか彼は急に表情を険しくした。

訊いてはいけないことだったのだろうかと、少し不安になる。

「読むことはできる。だが、そなたの心は読まないと決めているのだ」

理由を訊ねるまでもなく理解した裕夢は、よけいな質問してしまったことを悔やむ。

好きな相手が考えていることは、誰もが知りたい。なによりも、自分のことをどう思っているのかを知りたいはずだ。

けれど、思いを寄せる相手の心が、自分に向いているとはかぎらない。もとより、嫌われている可能性だってあるのだ。陽月はその可能性を恐れているのだろうか。

気持ちが変わるまでここで暮らすと言った彼は、いずれそうなると確信しているように感じられて最初は呆れたものだが、実はそうではなかった。

どんなことでもやってのける力があるのに、千年近く生きていても恋だけはままならないということだろうか。

「陽月って、なんか可愛いね」

ふと口を突いて出た言葉に、ハッとした裕夢は苦笑いを浮かべる。

「私を馬鹿にしているのか？」

「そうじゃなくて、なんかこう……」

上手く言葉にできずに思案顔で口を閉ざすと、裕夢を見ていた陽月がまあいいかと言いたげに笑った。

「まあ、とりあえず私よりそなたのほうが可愛いのは確かだな」

「否定はしないよ、だって千歳と二十歳なんだからさ」

明るい声で返し、廊下を歩き出す。

陽月の思いを知れば知るほど、強く惹かれていく。もっともっと彼のことを知りたくなってくる。

そばにいるのを心地よく思っている。もう少し一緒にいれば、自分の気持ちがはっきりしそうな感じだけれど、彼はどれだけ待ってくれるだろうか。

そう考えたとたんに、焦り始める。どうすれば、ずっとこのままでいられるのだろうか。

「ああ、コーヒーのいい匂いがしてきた」

人間のような口振りでつぶやいた陽月が、同意を求めるように笑顔を向けてくる。

無意識に目を細め、顔を見合わせて笑う。ただこうしているだけで幸せを感じる。

それにもかかわらず、いまだ恋しているのかどうかがわからない裕夢は、悶々とした思いを抱きながら陽月と顔を見合わせていた。

第四章

陽月が結界を張った家の中で過ごし始めてから、間もなく一週間になろうとしている。最初の三日で買い置きしていた食料も底をついてしまったが、外に出るわけにもいかず陽月の力を頼っていた。

外に出られないのは、もちろん青水を気にしてのことだが、それ以上に厄介な状態になっているのだ。

青水と出くわしたあの日の夜から、雨が降り続いている。いっこうに止む気配はなく、役場が防災無線で村人に注意を呼びかけるまでになっていた。

(どんどん酷くなってる……)

寝室の布団で陽月の腕に抱かれて横になっている裕夢は、激しい雨音に不安が募って眠ることができない。

このままでは洪水になってしまう。大好きな村が危機にさらされている。一刻の猶予《ゆうよ》もならないところまで来ているといっていいだろう。

これは、青水の仕業だ。陽月に腹を立てている青水が、雨を降らし続けているとしか思えなかった。

村に害を及ぼす青水は許し難い。再び泉に彼を封印すればいいことはわかっている。それには村人の願いが必要だ。

酒屋の店主は「御稲荷さまがなんとかしてくれるといいんだが」と言っていたが、わざわざ神社にお参りするようには思えない。

そもそも、お参りしたい気持ちがあったとしても、この雨の中、外に出る気にはならないだろう。

(あっ……)

裕夢は思わず胸の内で舌を打った。

村で暮らしてまだ二年しか経っていないが、自分はれっきとした村人だ。

どうして、それに気づかなかったのだろう。我ながら呆れてしまう。

自分がお参りをすれば、きっと陽月は願い事を叶えてくれるはず。

けれど、彼は青水がいる神社に行くことを許してくれないだろう。だからといって、手立てがあるのに家でジッとなどしていられない。

「どこへ行く？」

神社に行くつもりでそっと布団を抜け出そうとしたら、すかさず陽月が声をかけてきた。

「トイレだよ」

嘘をついて寝室を出た裕夢は、忍び足でトイレに向かう。

陽月はかなり耳がいい。玄関に向かえば、変に思って確かめにくるかもしれなかった。

それに、玄関の引き戸はガラガラと音を立てるから、どちらにしても気づかれてしまう。だから、トイレの先にある勝手口を使うことにしたのだ。

着替えたかったけれど、そうもしていられない。とにかく、陽月が気づく前に外に出なければと、パジャマ姿のまま傘を手にサンダルを突っかけて木の扉を開けた。

「うわっ……」

一気に雨が吹き込み、瞬く間にパジャマが濡れる。

サンダルでは足元がおぼつかない気がしたが、玄関に長靴を取りにいくわけにもいかず、意を決して外に出て扉を閉めた。

「さむっ……」

傘を差したとたん、身震いが起きる。

外は真っ暗なうえに、かなり気温が下がっているようだ。雨に濡れたパジャマが肌に張りつき、よけいに寒く感じた。

それでも、引き返すわけにはいかないと自らを鼓舞《こぶ》し、しっかりと傘を握って歩き出す。

地面はだいぶ泥濘《ぬかる》んでいて、慎重に歩を進めないと足を取られてしまう。ずるずると足を滑らせながら、ようやく舗装された道に出た裕夢は、ひとり春日坂稲荷神社を目指す。

それにしてもひどい雨の降り方だ。傘などあってもなくても同じようなもので、すでに全身がびしょ濡れだった。

「急がなきゃ……」

暗い夜道を歩いていると不安ばかりが募ってくる。

唸《うな》る風、叩きつける雨に、いまにも泣きそうだった。

けれど、家に戻る気はない。このままでは洪水になり、村は全滅だ。春日坂稲荷神社だって流されてしまうだろう。

本殿に祀られている鏡を失ったら、陽月はどうなってしまうのか、それが心配でならない。

「陽月がいなくなったら……」

鏡が消滅するとともに、陽月が消えてしまうかもしれないと思ったとたん、いいようのない寂しさを覚えた。

「嫌だ……陽月がいなくなるなんて、そんな……」

寂しさだけでなく、ただならない不安に襲われる。

陽月は自分にとってかけがえのない存在なのだと、今になってやっと気づいた。そばにいてあたりまえなのではなく、陽月がいないことなど考えられなくなっているのだ。

「急がなきゃ……」

裕夢は無我夢中で神社に走る。

「許さないから……絶対に……」

洪水になれば、泉などあとかたもなく消えてしまうというのに、青水はいったいなにを考えているのか。

自らが守ってきた泉を失う覚悟があるのか、それとも、そうしたことにすら思いが至らないほどの愚か者なのか。

身勝手な青水に怒りが込み上げてくる。龍神を憎んだかつての村人たちの思いが、手に取るようにわかる。

美しい山々に囲まれた長閑《のどか》な村を失いたくない。なによりかけがえのない存在となっている陽月を、愚かな青水になど奪われたくない。

「鳥居だ」

いったい、どれだけの時間がかかっただろうか。ようやく降りしきる雨の中、鳥居が霞《かす》んで見えた。

傘を持つ手が疲れた裕夢は、もういらないとばかりに投げ捨て、神社に向かって一気に足を速める。

「はぁ……」

鳥居の手前で足を止め、大きく息を吐き出してから一目散に拝殿を目指すと、どこからともなく現れた青水が行く手を塞いできた。

「飛んで火に入る夏の虫とはこのことか」

仁王立ちした青水が、裕夢を見据えてくる。

境内に明かりなどひとつもないのに、青水の姿がはっきり見えていた。

本人が発光しているのか、発光物に包まれているのかわからないが、まるで青水にスポットライトが当たっているようだ。

そのうえ、土砂降りだというのに、彼はまったく濡れていない。先日、同じような状況で自分が濡れていなかったことを思い出した裕夢は、青水が結界の中にいるのだと察した。

「さあ、今日こそおまえの精を喰らい尽くしてやる」

青水の鉤爪《かぎづめ》が目の前に迫ってくる。

「僕に触るな」

声を張り上げて飛び退き、青水の横を大回りして拝殿を目指す。

けれど、すぐにまた前を塞がれてしまう。

瞬間移動できる相手に勝ち目はないのか。青水を睨みつけながら、必死に考えを巡らす。

「やめろ！　触るな」

不意を突いて両腕を掴んできた青水に、易々と身体を持ち上げられ、浮いた足をバタバタさせる。

青水の顔が間近に迫り、ただならない恐怖に襲われた裕夢は渾身の力を込めて蹴り上げた。

足は見事に腹の真ん中に命中したが、青水はビクともしない。それどころか、怒りを煽ってしまったようだ。

「往生際の悪いやつめ」

さも不機嫌そうに吐き捨てた青水が天高く指を突き上げた瞬間、境内全体が明るい光に包まれた。

「うぉ――――」

唸り声をあげた青水の身体が遠くに弾き飛ばされ、地面に落ちそうになった裕夢の身体がふんわりと雨の中に浮き上がる。

「なぜ家を出た？」

光の中心に姿を見せた陽月が、怒りの形相で宙に浮く裕夢に手を伸ばしてきた。

艶やかな衣装に身を包み、尖った耳と長い尻尾が見える。

「陽月……」

腕を掴んできた陽月に、そっと地面に下ろされる。

助けに来てくれた。それが嬉しくて思わず抱きつく。

「陽月……よかった……」

「裕夢、なぜこんな真似をしたのだ？」

語気がかなり荒い。

どう考えても無謀な行動なのだから、陽月が怒るのもしかたない。

助けに来てくれたと、無邪気に喜んだ自分が恥ずかしくなる。

いくらでも謝る。許してくれるまで、何度でも頭を下げる。けれど、いまはそうする時間すら惜しくてならない。

陽月に一刻も早く青水を泉に封印してもらい、洪水から村を守らなければならないのだ。

「ごめん、お参りしに来たんだ。僕が村を救ってほしいってお願いすれば、陽月は青水を泉に封印できるでしょう？」

「だからといって、危険を冒すなど……」

陽月は言葉半ばで急に身を翻《ひるがえ》した。

態勢を立て直した青水が、背後から襲ってきたのだ。

青水と対峙《たいじ》した陽月が、なにかを唱えて指先に息を吹きかける。

一瞬、青水の動きが止まった。彼は戦うことを禁じられているはずだ。前と同じように、家に瞬間移動するつもりかもしれない。

そうなったのでは、願い事ができなくなる。さらなる呪文を唱えて、指先に息を吹きかけようとしている陽月の手を払った裕夢は、脇目も振らず拝殿に駆けていく。

「裕夢！」

陽月の声が降り続ける雨の音に掻き消される。

拝殿前も水浸しだったが、かまわず階段を上がり、びしょ濡れの縄を掴んで鈴を鳴らした。

降りしきる雨の音に、大きな鈴の音が混じり合う。

「裕夢、待て」

陽月の声が突如、頭の中に響き、手を合わせようとしていた裕夢はピタリと動きを止める。

耳で聞いたのではなく、脳に直接、伝わってきた感じだ。

「青水よ、よく聞け」

今度は陽月の声が鮮明に聞こえてきた。

豪雨などものともしない明瞭《めいりょう》な声に、いったいどうなっているのだろうと思いつつ、拝殿の前に立っていた裕夢は向き直って目を凝らす。

「裕夢が願い事を捧げれば、私はすぐさま泉を封印することができる」

「なにを……」

動きを封じられている青水が眉を引き上げ、なりゆきを見守っている裕夢に射るようなう視線を向けてくる。

いまはまだ陽月の力のほうが勝っているようだが、追い詰められた青水はなにをするかわからない。

絵に描いたような恐ろしさの形相に怯みながらも、裕夢は目を逸らしてはいけないと自ら奮い立たせて青水を見つめ続ける。

「外の世界に出ているおまえは泉に戻ることができず、いずれ惨めに朽ち果てていくことになるのだぞ、それでもよいのか？」

「くっ……」

己が不利な立場にあることにようやく気づいたのか、青水の顔に後悔の色が滲《にじ》む。

それにしても、泉に戻ることができなければ命を落とすとは意外だ。龍神は泉の中でしか生きていけないのだろうか。

陽月も同じなのかどうかが気になるところだが、いまはそれどころではない。とにかく早い決着を願うばかりだ。

「おまえが龍神としての務めを果たし、村人に崇められる神になると約束をするならば、泉を封印せずにおいてやろう」

「なにを偉そうに」

気に入らないとばかりに言い放った青水が、じわじわと前に進み始めた。動きを封じた陽月の力が少しずつ弱ってきているのかもしれない。

けれど、陽月はまったく動じた様子がなかった。美しい衣を風になびかせ、青水を怜悧《れいり》な瞳で見据えている。

千年ものあいだ村を守ってきた彼の、容赦ないほど凛としたその姿に裕夢は目を奪われた。

「ようやく自由の身となったというのに、ここで死を選ぶのか？　改心すると誓えば、まだまだ自由に生きられるというのに」

さあどうすると迫る陽月を、青水が険しい顔つきで睨みつけた。

自由を奪った張本人である陽月に改心を誓うなど、青水には堪えがたいはずだ。

青水がどんな決断を下すのか、裕夢は息を詰めて見つめる。

「くそっ……」

悔しげに短く吐き捨てた青水が、力なく肩を落とす。

「さあ、いますぐ泉に戻るがいい」

「覚えていろよ」

「まだそのようなことを言うか？　またおまえごと泉を封印してもよいのだぞ」

捨て台詞を口にした青水を容赦なく追い込んだ陽月は、余裕綽々《しゃくしゃく》に笑っている。

青水が自ら泉に戻ると確信しているようだ。

「わかったよ、おとなしくしてればいいんだろ」

「その前に、この雨をどうにかしろ」

「なにさまだよ」

泉に戻るのはまだ早いと引き留められた青水が、厭味たっぷりに言って陽月を睨めつけた。

いますぐ戻れと言ったのは陽月なのだから、ふて腐れる青水の気持ちもわからなくはない。

熾烈《しれつ》な戦いが始まるかもしれないと不安に駆られていた裕夢は、思いのほか穏やかに集結しそうな事態に胸を撫で下ろす。

「私は稲荷だ、そんなことも知らなかったのか？」

なんと意地の悪い返しかただろうか。厭味を口にするなど陽月らしくないと驚いたけれど、青水は鼻で笑っただけでなにも言うことなく、天高く指を突き上げた。

そのまま呪文のような言葉を唱え始めた青水を、陽月は黙って見つめている。その表情はとても穏やかで、裕夢はすべてが丸く収まったのだと実感した。

「ハァーッ」

青水が最後にひと言、叫ぶと同時に、土砂降りの雨が嘘のように止んだ。

重く垂れ込んでいた雨雲が見る間に消え失せ、まん丸の月が姿を見せる。満月と輝く満天の星を目にして心の底から安堵した。

「もう戻ってよいぞ」

早く消えろとばかりに、青水に向けてしっしと手を振った陽月が、裕夢に歩み寄ってくる。

「言われなくても戻る」

不機嫌そうに言い捨てた青水が、こちらを一瞥《いちべつ》してきたかと思うと、空高く飛び上がった。

同時に噴き出した泉の水が、青水の身体を飲み込んでいく。

青水の姿が消え、龍の形へと変わった水が、泉にスーッと吸い込まれていった。

「裕夢」

驚きに目を瞠って泉を見つめていた裕夢は、陽月の静かな声にハッと我に返る。

「無茶をするな」

苦悶《くもん》の表情を浮かべた陽月が、びしょ濡れの裕夢を抱きしめてきた。

洪水の恐れはなくなったけれど、陽月を心配させてしまったことを後悔する。

「ごめん……」

とにかく謝らなければと、その思いだけで陽月の腕から逃れた裕夢は、深く頭を下げた。

「本当にごめんなさい」

「そなたを失ったら私は……そなたなしで永遠に生きていくことなど、私にはとうてい堪えがたい……」

そっと伸ばしてきた手であごを捉えられ、顔を上向かされる。

陽月の瞳は悲しげで、いつもはピンと立っている耳がしょんぼりと垂れていた。

寂しい思いをしてきたことを知っているのに、危ない目に遭わせたくないから家の周りに結界を張り、ずっと自分を守ってくれていたのに、心配させたばかりか悲しませてしまった。

「そなたを愛しているのだ……」

再びひしと抱きしめられ、陽月の愛の深さに胸が熱くなり、大粒の涙が溢れ出す。

どうしてもっと早く気づかなかったのだろう。抱きしめてくる陽月の腕を、ずっと心地よく思っていたのに。

「ごめん、陽月……本当にごめん」

「裕夢……」

「もう勝手なことしないから……ずっと陽月のそばにいるから……」

「裕夢？」

驚きに目を瞠った陽月が、涙に濡れた裕夢の瞳を見つめてくる。

「陽月が好き……」

ようやく思いを紡《つむ》いだ震える唇を、陽月がそっと塞いできた。

「んっ……」

深く重ねられた唇を、つま先立ちで受け止める。

陽月を好きだと気づいて交わすキスは、どこまでも甘い。

重ね合う唇、絡め合う舌、背をさする手の感触、そられのすべてに雨に打たれて冷えたはずの身体が燃え盛り始める。

「家に戻るぞ」

キスを中断して短く言った陽月が、立てた人差し指に息を吹きかけた。

「あっ……」

陽月に抱かれたまま、目に見えない強い力に身体ごと持って行かれる。

瞬間移動を何度も経験しているから、もう驚くこともなかった。

これっぽっちの不安も感じていない裕夢は、おとなしく陽月に身を委ねている。

「えっ？」

移動した先は、寝室の布団の上だった。

煌びやかな衣装に身を包んでいたはずの陽月は白い薄衣を纏っていて、なぜか裕夢は一糸纏わぬ姿になっている。

陽月の特別な力はなにかと便利ではあるけれど、こういった予期せぬ状況に陥ると慌ててしまう。

「ちょっ……」

陽月の視線を感じてただならない羞恥に囚われた裕夢は、あたふたと布団の中に潜り込む。

どうしていきなり布団の上に移動したのだろうか。そんな疑問を抱くほどウブでもなく、陽月の目的を理解しているから恥ずかしくてたまらない。

「寒いのか？」

身を隠した理由など承知しているくせに、そんなことを言って上掛けを捲った陽月が隣に横たわってくる。

「温めてやろう」

小さく笑った彼にやんわりと抱きしめられ、すぐに安堵感を覚えた。

抱き合っていれば、裸を見られることもない。

薄衣越しに伝わってくる温もりに、素直に身を預けて浸る。

「裕夢、そなたがほしい」

耳元で甘く囁いた陽月に顔を上向かされ、唇を塞がれた。

「んっ……」

抗うことなく唇を受け止め、白い薄衣を纏う彼の背に両手を回す。

すると、ふさふさの尻尾が絡みついてきた。

尻尾が柔らかに手の甲を撫でてくる。なによりも安心する尻尾ごと陽月の背を抱きしめた。

「っ……ん……」

淫らな音が立つほど舌を絡め合い、唇を貪り合う。

キスは気持ちいい。少しも嫌だと思わない。ただ、太腿に感じている熱と硬さに、動揺し始めた。

触れているのは紛れもなく陽月の中心部分で、そこが熱くて硬いのは、すでにかなりの興奮状態にある証だ。

彼が「ほしい」と言ったのは、身体を繋げ合いたいということだろう。男同士がどのように結ばれるかくらい知っているから、平静を保てなくなっているのだ。

そうした裕夢の思いを知ってか知らずか、陽月が搦め捕った舌をきつく吸い上げてくる。

「ふ……んんっ」

あごがあがり、胸の奥深いところで疼きが生じた。

「ん、ふ……っ……」

唇を重ねたまま身体をずらした陽月が、裕夢を仰向けにして内腿に触れてくる。

陽月の熱が遠ざかってホッとしたのも束の間、大きな手でさわさわと柔肌を撫でられ、こそばゆさに身を振るわせた。

「んっ」

ゆっくりと這い上がってきた手が己自身を通り越し、まだ薄い茂みを弄び始める。

「ふ……ぁ……」

ねっとりと甘いキスと茂みで蠢《うごめ》く指先に、初めて施された手淫を思い出し、全身の熱が一気に高まっていく。

陽月の手で達した悦《よろこ》びを覚えている己が、あさましくも熱を帯び始め、頭をもたげてくる。

「う……んん」

茂みを弄ぶばかりの指先が、己に触れそうで触れないのがもどかしく、焦れた裕夢は無意識に唇から逃れて腰を揺らす。

「裕夢はねだり上手だな」

嬉しそうな声が耳をかすめると同時に、早くもすっかりと勃ち上がった己をやんわりと握り取られ、そこから駆け抜けた甘い痺れに腰が浮き上がる。

「あっ……あぁ……」

勝手に唇から零れたなまめかしい自分の声に羞恥を煽られ、咄嗟に陽月にしがみついて胸に顔を埋めた。

「ぁ……くふっ……」

敏感な鈴口やくびれ、さらには裏筋を執拗になぞられ、恥ずかしいのに快感に溺《おぼ》れていく。

「気持ちよいか？」

耳元で訊かれ、両手で顔を覆ったままコクコクとうなずき返す。

愛撫される己はジンジンと熱く疼き、腰のあたりが蕩けそうになっている。

ちょっとの刺激にも感じてしまう未熟な己は、もう呆気なく果ててしまいそうだ。

「では、もっと気持ちよくしてやろう」

起き上がる気配を感じて指の隙間から覗き見ると、股間を凝視している陽月が舌なめずりをしていた。

「やだ……」

食らいつきそうな顔つきにちょっとした不安を覚えた裕夢は、顔を覆っていた両手を股間に移して己を隠す。

「邪魔をするな」

笑って窘《たしな》めてきた彼に、手を容易く払いのけられる。

「陽月……」

股間に感じる視線が堪えがたい。それでも手で隠せばまた叱られてしまう。

羞恥と困惑が入り交じった顔で見上げていると、天を仰いでいる己を片手に収めた彼が、先端に顔を近づけてきた。

なにをするつもりなのだろうかと考える間もなく、先端を舌先でペロリと舐められ、あまりの衝撃に全身が硬直する。

「ひっ……」

ペロペロと先端やくびれを舐められ、強烈な快感に強ばりが一瞬にして解けた。

そんなところを舐めるのは汚い。やめてと言いたいのに、気持ちよすぎて言葉を紡げないでいる。

「は……ぁ……ああっ」

先端部分を舐め回していた彼に、ついには根元近くまで咥《くわ》え込まれた。

そのまま窄めた唇で先端に向かって扱かれ、甘酸っぱい痺れが腰全体に広がっていく。

彼の口から溢れた唾液が淫らな音を立てる。その音に羞恥を煽られ、裕夢は両の耳を手で塞ぎ、しっかりと目を瞑った。

「ひゃっ……」

鈴口を舌先で抉《えぐ》られ、弾けた快感に腰を大きく突き出す。

「はっ、はっ……」

同じことの繰り返しに、弾け続ける快感が辛くなり、陽月の頭を両手で掴んで押し戻そうと頑張る。

「こら」

股間に埋めていた顔を起こした陽月が、邪魔をするなときつい視線を向けてきた。

「すぐに気持ちよくしてやるから、おとなしくしていろ」

言い聞かせてくるなり再び己を咥え、いきり立っている己を唇で扱いてくる。

「やっ……っ……ぁあ……」

リズミカルな動きと、馴染みある感覚に支配され始めた。

股間で渦巻いているのは、まぎれもない射精感。もう達することしか考えられなくなる。

「陽月……」

下腹の奥から、熱の塊が迫り上がってきた。

あと少しで昇り詰められる。でも、このままだと陽月の口内に吐精してしまう。

彼の手を汚すよりもずっとひどい。さすがに、躊躇われて声をあげようとしたそのとき、彼が己を咥えたまま尻の奥に指を滑り込ませてきた。

「ひっ……」

自分でも触れたことがない場所を指で弄られ、喉の奥から引き攣った声をもらした裕夢は逃げ惑う。

けれど、己をすっぽりと咥え込まれていては動きもままならず、逃れるより先に秘孔を貫かれてしまった。

溢れた陽月の唾液でしとどに濡れているそこは、驚くほど容易に指を飲み込んでいき、ただならない異物感と窮屈さに顔をしかめる。

「やだ……陽月……気持ち悪い……」

不快感を訴えたけれど、彼はどんどん指を押し進めてきた。

そうするあいだも己を咥えたままで、まるでからかうかのように舌を絡めてくる。

前は気持ちがよくてたまらないのに、後ろは気持ち悪くてしかたない。快感だけ味わっていたいのに、そうさせてくれない陽月が恨めしくなってくる。

「んっ……くぁ」

秘孔に収めた指を抜き差しされ、不快感にチリチリとした痛みが加わってきた。

快感が弾ける己だけに意識を向かわせようとしても、指が挿れられた秘孔に流れてしまい、どこでどう感じているのかわからなくなってくる。

「あっ……なにそこ……やっ……」

指を深く秘孔に収めた陽月が、グイッと押し上げるように動かしたとたん、下腹の奥でなにかが炸裂した。

射精したときのように気持ちがいいのに、なにも出ていないからひどく苦しい。

何度も同じ場所を刺激され、冷や汗を垂らしながらあられもない声をあげる。

「はっ、あぁっ……んっ……あ」

前後から湧き上がってくる快感はあまりにも強烈で、おかしくなってしまいそうだ。

「もっ……出る……」

射精感が高まり、無闇やたらに腰を先後させる。

「あっ……」

ことさらきつく窄めた唇で己を繰り返し扱かれ、下腹の奥から押し寄せてきた奔流に身体ごとを持って行かれる。

「あうっ」

極まりの声をもらし、腰を浮かせた裕夢は、口内めがけてすべてを解き放つ。

生温かい口内に含まれたまま吐精するのは、これまでにない心地よさだ。

熱に潤んだ瞳でぼんやりと天井を見上げながらひとつ身震いし、全身を満たしていく解放感に浸った。

「はぁ、はぁ……」

乱れた呼吸すら、心地よく感じられる。

けれど、いつまでも余韻に浸っていることはできなかった。

股間から顔を起こした陽月が、秘孔に埋めていた指を引き抜いたのだ。

「くっ……」

異物がズズッと出ていく不快感に、唇を噛んで堪える。

「裕夢……」

裕夢を挟むように布団に両手をついた陽月が、神妙な面持ちで見つめてきた。

急にどうしたのだろうかと、潤んだ瞳を瞬かせる。

「私はそなたとひとつになり、花嫁として迎えたい。だが、そなたの中に精を注ぎ込んでしまうと、そなたは私と同じく永遠に命が続くことになる」

「永遠の命……」

好きという気持ちが高まるほど、キスだけでは物足りなくなり、身体を繋げたくなる。

それは理解できるし、陽月が好きだからそうなってもいいと思った。

とはいえ、永遠に死なない身体になるともなると、そう簡単に答えは出せない。

「そなただけだ……精を注ぎたいほどに愛したのはそなただけなのだ」

真っ直ぐに向けられる陽月の熱い眼差しと言葉に、裕夢は心が大きく揺れ動く。

「恐ろしいか？」

「そんなことない……ただ」

「ただ？」

短く問い返してきた陽月が、表情も険しく首を傾げる。

「家族がいるし、中嶋さんとか友だちとかだって……僕がこのまま歳を取らなかったら変に思うから……」

人はみな年齢に相応しい外見も変わっていく。顔立ち、肌の質、声など、多少は若さを保てたとしても、さまざまなところに年齢が現れる。

自分だけが二十歳のままでは、誰もがおかしいと思うだろう。東京から遠く離れた田舎で暮らしているとはいえ、年に何度かは顔を合わせるのだから誤魔化しようがない。

「気になるのはそれだけか？」

問われて素直にうなずき返したが、なぜか陽月はあまり大きな問題に捉えていないように感じられる。

なにか術があるのだろうかと首を捻っていると、柔らかに微笑んだ彼が裕夢の頬をそっと撫でてきた。

「ならば、そなたの家族や知り合いには、年相応に見えるようにしてやろう」

「そんなことができるの？」

「ああ」

「陽月の力ってすごいんだね」

容易いと言ってのけた陽月に、ただただ驚き、感心する。

本当になんでもできるのだ。こんなすごい陽月が狐の神様なのだから、天界を支配する天帝とはどれほどの力を持っているのだろうか。

「裕夢、私の精を受け止め、花嫁になってくれるか？」

陽月の顔に浮かんでいるのは、いつにない真剣な表情。

いきなり現れて花嫁にすると言い放ったときとは、まったく違っている。

きちんと同意を求めてきた誠実な彼を、心から愛しく思った。

狐の耳と尻尾がある妙な姿をしているけれど、それがまた愛しくてたまらない。

プロポーズしてくれたのだから、こんなふうに寝たまま答えるのは失礼だと思い、ムクリと起き上がった裕夢はそっと陽月の首に両手を絡める。

「約束は破らないよ、だって陽月が好きだから」

満面の笑みで思いを伝えると、彼が本当に嬉しそうに目を細め、長い尻尾でパタパタと畳を叩く。

「裕夢、そなたは可愛すぎる」

「あっ……」

もう我慢できないとばかりに押し倒され、膝立ちになった陽月に両の足を担がれる。

白い薄衣から透けて見える彼の怒張に、一瞬にして身体が強張った。

覚悟を決めたつもりでいたのに、逞《たくま》しい彼自身を受け入れることが怖くなる。

「怖がらず、すべてを私に任せればいい」

「怖くなんかないよ」

「強がりを言うか」

簡単に見抜いた陽月が笑いながら薄衣の前を片手で探り、そそり立っている己を取り出す。

「力を抜いていろ」

短く促し、怒張の先を秘孔にあてがってくる。

熱の塊を押し当てられ、力を抜くどころではない。

全身を強張らせたまま、恐怖に頬を引き攣らせて陽月を見上げる。

「陽月……」

「怖くないのだろう？」

彼はまたしても笑い、一気に腰を押し進めてきた。

「はぅ」

身体が大きく仰け反り、息が詰まる。

怒張は指とは比べものにならない。先ほどはピリピリとした小さな痛みしか感じなかったけれど、いま感じているのはまさに激痛だ。

「やっ、あああぁ……ああっ――」

堪えがたい痛みに叫び声をあげ、貫く怒張から逃れようと足掻く。

けれど、彼はそうはさせまいと身体を倒してきた。

両手を裕夢の脇につき、そのまま最奥を突き上げてくる。

柔襞を強引に押し広げられる強烈な痛みに、全身から汗が噴き出てきた。

「やっ……無理……お願いだから……」

恥も外聞もなく、涙混じりに懇願《こんがん》した。

この痛みから逃れられるのなら、どんなことでもする。

そう思ってしまうくらい、ひどい痛みだった。

セックスは気持ちよくなるものではないのか。愛の行為なのに、辛いなんて信じられない。

ひとつになりたいと思ったことを、いまさらながらに後悔しそうだ。

「痛みはいっときのものだ」

陽月はそう言うけれど、自分は痛い思いをしていないからわからないのだ。

同じ痛みを味わっていれば、絶対にそんなことは言えない。

「あっ……」

痛みに堪えながら心の中で悪態をついていると、不意に柔らかな毛で顔を撫でられた。

なんだろうと思って涙が滲む瞳を向けた先で、ふさふさの尻尾が揺れている。

思わず両手で長い尻尾を抱え込む。

「そなた、私の尾が大好きなのだろう？」

尻尾を胸に抱く裕夢を、陽月が愛しげに見下ろしてくる。

陽月の尻尾に、幾度となく安堵感を覚えた。抱きしめていると安らぐのだ。そういえば、尻の痛みが薄れている。尻尾を抱えているからだろうか。

なんとも不思議な気がしたけれど、尻尾が痛みを和らげてくれるのであれば、ずっと抱きし

めていればいい。

「まるで赤子のようだな」

抱きかかえた尻尾に頬を擦り寄せている裕夢を見て笑った彼が、にわかに腰を使い始めた。

「くっ……」

不意の動きに痛みを感じ、思わず尻尾の先を咥《くわ》える。すると、痛みが遠のいていった。どうやら陽月の尻尾には、鎮痛剤に似た効果があるようだ。

ひとつになれた悦びの代わりに、尻尾を噛みしめる。

「続けるぞ」

陽月が腰の動きを大きくしてきた。

尻尾を手放してしまうと激痛に襲われそうな気がし、両手でしっかりと胸に抱えた。

貫かれながら尻尾を抱えているのもおかしなものだが、痛い思いをするよりよほどいい。

「あ……んっ」

何度も奥深いところを突き上げられ、ひっきりなしに声がもれたけれど、それは痛みによるものではなかった。

怒張に擦られる柔襞も、突き上げられる最奥も、まるで快感を得ているかのように甘く痺れているのだ。

「ひゃっ……」

達して萎えていた己をいきなり掴まれ、腰がビクッと震える。

「こちらも可愛がってやろう」

楽しげに言った陽月が、腰を使いながら裕夢自身を扱き始めた。

吐精を終えたばかりだというのに、そこが瞬く間に熱を帯びてくる。

「ふんっ……あぁ……」

舞い戻ってきた快感に、尻尾を抱きしめながら腰を揺らす。

どうしてこんなにも感じてしまうのだろう。週に一度の自慰で満足していたから、あまり性欲が強くないのだと思っていた。

それなのに、早くも今日、二度目の射精感に襲われている。きっと、触れているのが陽月だからだろう。好きな陽月に触れられているからこそ、感じてしかたないのだ。

「裕夢……」

余裕のない表情を浮かべた陽月が、急に抽挿を速めてくる。

激しい突き上げに、尻尾を抱えている裕夢の小さな身体が上下に揺れた。

己を扱いてくれている手の動きも速まり、一気に射精感が高まっていく。

「やっ……ああっ……ぁ……で……ちゃう」

最奥を繰り返し突き上げられ、今にも弾けそうな己を手早く扱かれ、堪え性のない声をあげて身悶える。

あといくらもせずに達してしまう。陽月も頂点が近いのだろうかと気になり、なにげなく目を開ける。

「裕夢、私もそろそろ限界だ。精を受け止める覚悟は変わらぬか？」

不意に動きを止めて訊ねてきた彼を、裕夢は驚きの顔で見上げた。

息を乱している彼は切羽詰まった状態にあるはずだ。それなのに、この期に及んで確認してくる陽月は優しすぎる。

もう寂しい思いなどしたくないはずなのに、勢いに任せて精を注ぐことを躊躇う彼が、愛しくてたまらない。

「変わってないよ、僕は永遠に陽月と一緒にいるって決めたんだから」

抱きしめている尻尾をクイクイッと引っ張り、続けるように促す。

「そのように引っ張るな」

嬉しそうに笑った陽月の抽挿が再び始まる。

「ぁ……う……」

前後から湧き上がってくる快感に、自然に腰の動きが同調していった。

痛みはまるで感じていない。尻尾を抱きしめているせいなのか、それとも、痛みがひとつになれた悦びに変わったのか。

その答えは知りようもなかったけれど、全身で悦びを感じていることだけは確かだった。

「あぁ……もっ、ダメ……」

抗いようのない射精感に音を上げ、裕夢は思いきり息む。

「んっ」

「裕夢っ」

ほぼ同時に呻きに近い声をもらした陽月が、最後のひと突きとばかりに大きく腰を動かしてきた。

「く……ぁ」

吐精の心地よさに浸る裕夢の中に、陽月が熱い精を注ぎ込んでくる。

陽月が苦悶の表情を浮かべたのは、ほんの一瞬のこと。

すぐにこのうえなく幸せそうに顔を綻ばせた。

十五年の時を経てようやく己のものにできた喜びを、全身で感じていることだろう。

それは裕夢も同じだった。

陽月から与えられた永遠の命。これから、終わりのない陽月との人生が始まるのだ。

これっぽっちも恐ろしくない。胸を占めているのは、陽月とひとつになれた悦びと、二人で永遠に生きることへの期待だけだった。

「裕夢……」

そっと繋がりを解き、担いでいた裕夢の足を布団に下ろした陽月が、柔らかな微笑みを浮かべて身体を重ねてくる。

「陽月」

しっかりと抱えていた尻尾を離した裕夢は、両の手を広げて陽月を迎えた。

白い薄衣が、しっとりと汗ばんでいる。額にもうっすらと汗が浮かび、その顔には少し疲れが見て取れた。

これまで目にしたことがない陽月の表情に幸せを感じ、自ら頭を起こして唇を重ねる。

「んっ……」

彼は愛おしむように、何度も唇を啄《ついば》んできた。

「ふっ」

おもむろに深く唇を重ねてきた彼が、忍び込ませてきた舌で口内を舐め尽くしてくる。

悪戯《いたずら》に舌を絡め合い、吸っては吸うを繰り返す。

甘いキスはいつまでも終わらない。時を忘れて互いに唇を貪り合う。

「そなた、くちづけが上達したな」

息も触れ合わせながら言った陽月が、またしても深く唇を重ねてきた。

このままでは朝になってしまいそうだ。そんなことを思いつつ、ふと窓に目を向けるとカーテンの隙間から朝陽が差し込んでいた。

久しぶりの晴天だ。しばらくすれば水も引き、土地も乾くだろう。ようやく長閑《のどか》な村が戻ってくるのだ。

「上達したと感心したばかりなのに、今度は上の空とはどういうことだ？」

キスの途中で顔を遠ざけた陽月が、訝しげに瞳を覗き込んできた。

「お陽さまが出てるなって」

気を散らした申し訳なさに苦笑いを浮かべながらも、裕夢は窓に視線を向ける。

「そなたのおかげだ」

「そんなことないよ、あのとき陽月が来てくれなかったら、きっと今も……」

声を詰まらせ、陽月を見つめた。

あと少し遅れていたら、青水に精を喰らい尽くされていただろう。

こうしてひとつになれた悦びを得られたのは、陽月が来てくれたからに他ならない。

「ありがとう、陽月……もう絶対に勝手な真似はしない……ずっとずっと陽月のそばにいる」

思いの丈を込め、両手でひしとしがみつく。

「永遠に一緒だ」

しっかりと抱きしめてくれた陽月が、優しく髪を撫でてくれた。

「夜が明けてしまったが、少し寝たほうがいい」

陽月の腕の中で小さくうなずき、静かに目を閉じる。

そばにいるだけで、心が満たされていく。

未来永劫、陽月とともに過ごせる幸せを噛みしめながら、裕夢は深い眠りに落ちていった。

第五章

「挙式って、なにそれ？」

いつものように三人で朝食を食べていた裕夢は、素っ頓狂な声をあげて陽月を見返す。

彼がいきなり今日のうちに挙式をすませると言い出したのだ。

花嫁にするというのは、名目上のことだとばかり思っていた。まさか本気で結婚式を挙げる気でいたとは、驚き以外のなにものでもない。

あまりにも唐突に陽月が挙式を話題にしたため、小坊も目を丸くしている。陽月が裕夢を花嫁にするつもりでいることは知っていても、話が進展しているとは思っていなかったようだ。

「あ、あの……陽月さまと裕夢さまがご結婚なさるのですか？」

小坊が陽月と裕夢を交互に見てくる。

陽月に仕える小坊は、普段、よけいなことをいっさい訊ねない。

訊ねることを禁じられているのか、自らそう心がけているのかは知らないが、黙々と仕えているといった印象があった。

それでも、主の結婚ともなると、さすがに小坊も黙っていられなかったのだろう。

「ああ、裕夢を花嫁として迎えることが決まった」

「陽月さま、裕夢さま、おめでとうございます」

祝ってくれた小坊が嬉しそうに笑う。

心の底から喜んでくれているようで、裕夢は安心した。

これまで楽しく一緒に暮らしてきたけれど、陽月と自分が結ばれたことを、小坊がよく思わないのではないだろうかと、少し心配していたのだ。

「僕も挙式に参列させていただけるのでしょうか？」

小坊が隣に座る陽月を上目遣いで見つめる。

僭越《せんえつ》な発言を咎められやしないかと、内心、ドキドキしているのかもしれない。

人間界に置き換えてみれば、使用人が主人の結婚式に参列したいと言っているようなもので
あり、ずうずうしと一喝されかねない。

それでも、長らく陽月とともに生きてきた小坊には、参列してほしい思いがある。仮に陽月
が許可しなかったときには、裕夢自ら頼むつもりでいた。

「もちろんだ、私の晴れ姿を小坊にしっかりと見届けてもらわねばな」

「ありがとうございます、陽月さま」

小坊が笑顔を弾けさせる。

いらぬ心配に終わり、裕夢は安堵の笑みを浮かべた。

「でも、なんで結婚式なんか挙げるの？　そんなことしなくてもいいと思うけどな」

「挙式をしなければ、そなたの花嫁を姿を見られないだろう」

「えーっ、そういうこと？　僕は男なのに、花嫁衣裳を着るとか変だよ」

陽月に真顔で言われ、自分の花嫁衣裳姿を想像したら、にわかに恥ずかしくなってきた。

だいたい、どこで結婚式をするつもりなのだろうか。そちらも気になるところだ。

「そなたは可愛いから似合うと思うぞ」

「似合うとか似合わないとかの話じゃないんだけどね。だいたい、男同士の結婚式を引き受けてくれるとこなんてないよ」

どこも取り合ってくれないと肩をすくめた裕夢を、陽月が呆れ気味に見返してきた。

「挙式は人間界ではなく、天界の神殿で執り行うのだ」

「天界？」

「天帝にそなたとの婚姻の報告をし、祝福してもらうのが挙式をするということだ」

「ああ、そういうことか」

盛大な結婚式を想像していたから陽月の言葉に納得したものの、人間を花嫁として迎えたりしたら、天帝が怒るのではないだろうかと、新たな心配ごとが胸を過ぎる。

「これまでにも花嫁として神の使いに嫁いだ人間っているの？」

「さして珍しいことではない。ただ、神に仕える者で私のように永遠の命を持つ者は稀《まれ》ゆえ、みな寿命をまっとうしている」

「そうなんだ……」

陽月の説明には驚かされた。

どういった経緯で神の使いに嫁いだのだろうか。自分のように男でありながら、花嫁として迎えられた人間もいるのだろうか。

思うところはいろいろあったけれど、自分が初めの人間の花嫁ではないと知って安心した。

「食事もすんだことだし、これから天界に行くぞ」

陽月がそそくさと席を立つ。

「えっ？　もう？」

まだ心の準備が整っていないと言い返そうとしたのに、我が侭な陽月は一方的に特別な力を使って瞬間移動を強行する。

彼が立てた人差し指に息を吹きかけた瞬間、無重力状態になった身体が引っ張られ、気がつけば春日坂稲荷神社の本殿の中に立っていた。

目の前にある大きな鏡に、シャツにデニムパンツといった軽装の裕夢、雅《みやび》な衣装に身を包んだ耳と尻尾がある陽月、そして、丸い耳と細い尻尾がある小坊が映っている。

小坊はいつも学生服のような服を着ていたが、今は巫女《みこ》のような衣装を纏っていた。

(イタチって言ってたっけ……)

小さな丸い耳がついている小坊は、普段よりも可愛らしい。

天界には他にどういった動物がいるのだろうか。まだ見ぬ世界に興味が募ってくる。

「さて、どのような花嫁衣裳にするか……」

腕組みをした陽月が、矯《た》めつ眇《すが》めつ裕夢を眺めてきた。

特別な力で花嫁衣裳に着替えさせるつもりでいるようだ。

天界に繋がる鏡の前まで来てしまったのだから、もうどんな花嫁衣裳でも文句は言わないと開き直る。

「やはりこれか」

そう言うなり小声で何ごとかを念じた陽月が、いつものように人差し指にふっと息を吹く。

「うっ……」

とたんに身体がずっしりと重くなった。まるで十キロの米袋を担いでいるかのようだ。

どうしたのだろうと思って鏡に目を向けると、なんと十二単《じゅうにひとえ》を纏っていた。

さまざまな色の衣を重ねているが、一番上の衣は鮮やかな朱色で、派手派手しい金糸の刺繍が施されている。下に着けている袴は純白で、とてもたっぷりしていた。

「あのおかしな形の鬘《かつら》はないんだ……」

鬘を被っていれば完璧と言えるのだが、髪はそのままだから少し違和感がある。

陽月が鬘にまで思いが至らなかったのか、それとも、このままでいいと判断したのかはわからないが、これ以上、身体が重くなるのは避けたいからこれでいいように思えた。

それにしても、複雑な衣装だ。それぞれに名称があるのだろうが、まったくもってわからない。

「さて、準備は整った。そろそろ行くか」

鏡に映る自分の花嫁姿を食い入るように見つめていた裕夢は、陽月の声に視線を移して唖然とする。

もともと艶やかな衣装に身を包んでいたのに、より豪華な衣装に着替えていたのだ。

全身が黄金色に輝いている。上に纏っているのはなんという名称なのだろう。とても袖が大きくて、丈が長い。下に着けている袴が少し見えるくらいだった。

全体に張りのある仕立てになっているせいか、陽月がとても大きく見える。三角の耳はピン

と立ち、ふさふさの長い尻尾も真っ直ぐに立ち上がっていた。

いつにも増して凜々しい彼の姿に、裕夢はつい見惚れてしまう。本当に格好いい花婿だ。

「陽月、格好いいね」

「そうか？」

陽月がまんざらでもない顔をする。

この日を待ち焦がれていた彼は、嬉しくてたまらないのだろう。

「さあ」

陽月から差し伸べられた手を、裕夢は息を飲んで見つめる。

これから天界へ向かうのだと思ったとたんに緊張し、鼓動が速くなってきた。

「どうした？」

心配そうに見返され、なんでもないと首を振って彼の手を取る。

「鏡を見ていろ」

陽月に言われるまま、裕夢は鏡を凝視した。

間もなくして、映し出されている三人の姿がゆらゆらと揺れ始め、鏡の中に身体が吸い込まれ始める。

「……っ」

身体が変形していくような異様な感覚に、声をあげようとしたのに息苦しくてできない。

生きて天界に辿り着けるのだろうかと不安に襲われたそのとき、目も眩むほどの強い光を浴びて我に返った。

「ここは……」

裕夢は目を瞠ってあたりを見回す。

どこか一点から光が差しているのではなく、あたり一面が強烈な光に包まれている。足元はスモークを焚《た》いているかのようにもわもわとしていて、地に足を着けている感覚がまるでない。そう、浮いているような感覚なのだ。

「あれが神殿だ」

肩を抱き寄せてきた陽月が指さす方向に視線を向けてみると、太くて大きな木の柱が二本、見えた。

その奥になにがあるのかわからない。とにかく眩し過ぎて、目を開けているのが辛い。

「すでに挙式の準備は整っているのだ」

陽月がそう言うと、身体がスーッと前に進み出した。

足は少しも動かしていない。それなのに、動く歩道に乗っているかのように勝手に身体が前に進んでく。

しばらくすると、先ほど目にした二本の柱のあいだを通り過ぎた。相変わらずあたりが眩しく、まともに前を見ることができない裕夢は、陽月の衣装をツンツンと引っ張る。

「なんだ？」

「眩し過ぎてなにも見えないんだけど」

「ああ、そうか」

小さく笑った陽月が、二本の指で裕夢の瞼《まぶた》を軽く押さえてきた。

眉間のあたりに息がかかるのを感じると同時に指が離れ、静かに瞼を開けてみる。

「見える……」

眩しくてしかたなかったのに、周りを見渡すことができた。

「ありがとう」

陽月に礼を言った裕夢は、改めて前に目を向ける。

正面に祭壇《さいだん》のようなものがあり、巨大な金の台座の上でもやもやとしたものが揺れていた。

神殿の奥には玉座があって、そこに天帝が腰かけているのだろうと想像していたのだが、全然、違っていた。

祭壇の前には、小坊と衣装を纏った人型の動物が整列している。みな耳と尻尾があるが、それぞれに形が違う。それにみな長い黒髪を後ろでひとつに束ねた女性だった。

天帝に仕える女官かなにかだろうか。整列している彼女たちの列に、小坊がいることにふと気づく。いつの間にか移動したようだ。

それにしても、天界には男性というか、雄しかいないと思っていたから意外だ。

陽月と裕夢が並んで祭壇に進んでいくと、女官たちが恭《うやうや》しく頭を下げ、端にいる小坊も深くお辞儀した。

天帝について訊きたかったけれど、厳粛《げんしゅく》な雰囲気にそれもできない。ただ黙って前に進む。といっても、身体が勝手に動いているから、自分で止まることもできそうになく、すべてを陽月に任せるしかなさそうだ。

どこまで行くのだろうかと思いながらチラチラ陽月を見ていると、金の台座の前でピタリと身体が止まった。

「拝謁《はいえつ》いたします」

陽月が台座に向けて一礼し、裕夢も倣《なら》って頭を下げる。

いったいどこに天帝はいるのだろうか。あの台座の上でもやもやとしている煙のようなものはなんなのだろうか。

よくわからないまま台座を見つめてた裕夢は、それが宙に浮いていることに気づく。

地面も床もない。すべてが浮いているのだ。なんとも不思議な空間だが、神が住まう場所と思えば、あり得ない状況にも驚かない。

「私はこの裕夢を生涯の伴侶《はんりょ》として迎え、ともに村の守り神として務めを果たす所存です」

婚姻の報告と新たな決意を口にした陽月が改めて一礼し、神妙な面持ちで聞いていた裕夢はあたふたと頭を下げた。

『ようやくそなたも伴侶を見つけたか。目出度《めでた》いことこのうえない、さっそく祝いの宴《うたげ》を設けよう』

どこからともなく穏やかな声が響き、裕夢はさりげなく周りを見回す。

けれど、それらしき人の姿はない。実体のない声の主こそ、神なのだろうか。

「有り難きお言葉、深く感謝いたします」

『裕夢といったな？』

「は、はい」

いきなり呼びかけられ、おおいに慌てる。

『なかなか可愛い花嫁だ』

「あ……ありがとうございます」

どこにいるのかもわからない天帝に誉められ、気恥ずかしさに頬を赤く染めた。

『未来永劫、陽月と二人きりでは寂しくはないか？』

「そ……それは……」

なにかを試されているような気がし、答えに窮してしまう。

『楽しく暮らせるよう、多くの子を宿《やど》すがよい』

声が響くと同時に、全身がビリビリと痺れた。

けれど、それはほんの一瞬のことで、これといった変化はない。

それにしても、無理難題を言う神様だ。男なのに子供など産めるわけがないのに。

『宴の用意も調ったようだ。さあ、行くがよい』

「はい」

陽月とともに一礼して向き直った裕夢は、驚くべき光景に呆然とする。

整列した女官しかいなかったはずなのに、たくさんの男たちが車座になっていたのだ。動物の耳と尻尾があるものもいれば、ないものもいる。

「裕夢、少しくらいなら酒は飲めるのだろう？」

「あっ……うん……」

コクンとうなずき返すと、またしても勝手に身体が前に進み始めた。

「あの人たちは？」

「集まってくれた神と神の使いたちだ」

「へぇ……」

結婚を祝うために、一堂に会してくれたということか。

宴に参加できるのは、それだけ天界が平和ということだろうか。

耳と尻尾を持つ男たちの多くは狐のようだが、耳だけなく羊のような角を生やした男も見受けられた。

彼らは主役を待つことなく盃《さかずき》を手にしていて、始まったばかりだというのに早くも宴は盛り上がりを見せている。

「そういえば、声しか聞こえなかったけど、天帝ってどこにいたの？」

素朴な疑問をぶつけると、陽月が祭壇を振り返った。

「あの台座の上で揺れている〈気〉が天帝だ」

「えっ？〈気〉って、それだけ？身体がないの？」

あのもやもやとしているのが天帝の真の姿だと知り、さすがに裕夢は驚く。

「そうだ」

「神様って人間の目には見えなくても、形くらいはあるのかと思ってた。でも、本当に見えないんだね」

吹けば消えてなくなってしまいそうな〈気〉を、不思議な思いで見つめる。

要するに、天界は想像を絶すると場所ということだ。

誰にも話して聞かせることができないのが残念ではあるけれど、未知の世界を知ることができて素直によかったと思う。

と同時に、陽月の伴侶となった自分が、これから天界の一員になるのだと思うと、ひどく感慨深いものがあった。

「泣いたりしてどうした？」

陽月に顔を覗き込まれ、泣いていると気づいた裕夢は慌てて指先で涙を拭う。

「なんか嬉しくて……」

「うん？」

「陽月のお嫁さんになれて、よかったなって……」

ぐずり出した鼻を啜りながらそう言うと、陽月が戸惑ったような表情を浮かべた。

おかしなことを言ってしまったのだろうか。彼の顔を目にして、そんな不安に囚われる。

「そなたは……」

感極まった声をもらした陽月に、いきなり抱きしめられた。

「陽月？」

熱い瞳を向けてきた彼が、なにも言わずに唇を重ねてくる。

「んっ……」

いきなりのキスに鼓動が跳ね上がった。

陽月がキスをしてくれるのは嬉しいし、ずっとこうしていたい。けれど、できることなら誰もいないところでしてほしかった。

祝いの宴で盛り上がっている、神の使いたちの目が気になってしかたない。目と鼻の先なのだから、すぐに気がつかれてしまうだろう。

「ヒューヒュー」

案の定、誰かが指笛を鳴らすと、いっせいにみなが囃《はや》し立ててきた。

それなのに、陽月はキスを止めてくれない。まるで、彼らの声など耳に届いていないかのようだ。

「ふっ……」

逃げ惑う舌を搦め捕られ、きつく吸い上げられ、いけないと思っているのに抗う気持ちが失せていく。

このあと宴の席に加わったら、神の使いたちはもっと囃し立ててくるに決まっている。

恥ずかしくて居ても立ってもいられなくなるとわかっているのに、陽月と交わすこれまでになく甘いキスに、裕夢はいつしか酔いしれていた。

*****

「あれっ？」

ふと目を覚ました裕夢は、見慣れた天井を見上げて小首を傾げた。

天帝が設けてくれた宴の席で祝いの酒を飲んでいたはずなのに、いつの間に家に帰ってきたのだろうか。

「起きたか？」

近くから聞こえた声に首を巡らせると、人間の姿に戻っている陽月が片膝を立てて布団の横に座っていた。

「そなた、酔って寝てしまったのだ。二日酔いはしていないか？」

「ああ……」

記憶が途切れているのは、滅多に飲まない酒を勧められるまま呷ったせいだ。それでも、幸いなことに、二日酔いはしていなかった。

「大丈夫……」

上掛けを捲って身体を起こし、小さく息を吐き出す。

「ふぅ……楽しかったけど、すごい疲れちゃった」

裕夢は笑って肩をすくめて見せる。

思っていたとおり、宴ではさんざんからかわれてしまった。

ただ、誰もが陽月との婚姻を心から祝ってくれているとわかったから、恥ずかしかったのも最初のうちだけで、あとは飲めや歌えの賑やかな宴を楽しんだ。

「小坊がコーヒーを淹れてくれているのだが、こちらに持ってくるか？」

「大丈夫だってば」

疲れたと言ったことで、陽月に心配をかけさせてしまったようだ。

「向こうで一緒に飲もう」

布団を出て立ち上がると、陽月ものそりと腰を上げた。

二人で寝室を出て、台所に向かう。

天界ではずっと身体が浮いていたから、自分の足で廊下を歩いていることに安堵する。

「ねぇ、陽月……」

「なんだ？」

「これからもここで暮らせるの？」

足を止めて向き直ってきた陽月を、神妙な面持ちで見返す。

たまに人間界に出てくるくらいは許されるとしても、ずっとこちらにいるわけにはいかない気がするのだ。

とはいえ、天界での暮らしにはそう簡単に馴染めそうになく、仕事も続けたい。なにより、この家からいきなり姿を消したりしたら、村は大騒ぎになってしまう。

天界とこちらでの生活を半々にするか、陽月に通ってきてもらうしか手はなさそうだ。

「そなたはこちらの暮らしのほうがよいのか？」

「そうだけど……」

「では、こちらで暮らそう」

陽月はいとも簡単に答えを出したけれど、まだ納得がいかない。

「神社はどうするの？　神様がふらふら外を出歩いてるのってよくないと思うけど？」

「私の務めはこの村を守ることであり、神社にいなくとも務めは果たせる。本殿の鏡を使わなければ天界に行けないだけであって、本来はどこにいようがかまわないのだ」

陽月に真面目な顔で説明されて納得した裕夢は、ようやく笑みを浮かべた。

「じゃあ、これからも三人でここで暮らそう」

「ただし、月に一度は天界に行かねばならない」

「なんで？」

「身を清める必要があるのだ」

「わかった」

大きくうなずき返し、並んで廊下を歩き出す。

自分の命が永遠に続くという実感はまだない。本当に身体にはまったく変化が起きていないのだ。

自分だけが先に死んでしまったらどうしようかと、そんな不安がないといえば嘘になる。とはいえ、幸せそうな陽月を見ていると、それも取り越し苦労に思えてしまう。

「裕夢さま、お加減はいかがですか？」

廊下に出てきた小坊が、心配そうに声をかけてきた。

宴のあいだ小坊をひとりにしておくのが可哀想に思え、陽月に呼んでほしいと頼み、一緒に楽しんだ。

陽月と裕夢に挟まれて座った小坊の嬉しそうな顔が、目に焼き付いている。陽月はもちろんだが、小坊のいない暮らしは考えられない。これからも永遠に三人で過ごしたかった。

「大丈夫だよ」

「コーヒーのご用意をしますね」

裕夢が笑顔を向けると、小坊はすぐ台所に引っ込んだ。

「小坊もこちらにいるほうが楽しそうだ」

そう言って陽月が目を細める。

陽月とは身も心も結ばれた。小坊ともどんどん仲よくなっていく。これから新たに始まる三人での暮らしが、楽しくないわけがない。話相手は多いほうがいいに決まっているのだ。

「あっ……」

ふと天帝の言葉を思い出した裕夢が小さな声をもらすと、陽月が笑いながら顔を覗き込んできた。

「今度はなんだ？」

「天帝さまはどうして子を宿せって言ったのかな？　僕のこと男だって気がついてるよね？」

「そなたを子が産める身体にしたのだ」

にわかには信じ難い言葉に、裕夢はゴクリと喉を鳴らして腹部に目を向ける。

男に子供が産めるわけがない。身体の構造から変える必要がある。それも天帝であれば、いとも容易くできるというのだろうか。

「そなたの身体はなにも変わっていない」

「じゃ……じゃあ、どうやって……」

「そのときが来ればわかる」

曖昧な答えを返してきた陽月が、さも楽しげに笑う。

いますぐ知りたいような、知るのが怖いような、複雑な気分に陥った。

（僕と陽月の子供……）

陽月といるとあり得ないことが起こるけれど、大きく腹が膨らんだ自分など想像できない。

（でも……）

狐と人間のあいだには、どのような子が生まれてくるのだろう。

ただの狐か、それとも、耳と尻尾が人間の子供か。

（耳と尻尾がある赤ちゃんって可愛いだろうな……）

本当に生まれるかどうかもわからないというのに、あれこれ思い浮かべる裕夢は、ひとり顔を綻ばせながら陽月と廊下を歩いていた。

第六章

天帝に婚姻の報告をしてから、間もなく一ヶ月になろうとしていた。

陽月と小坊がいる生活に大きな変化はなく、平穏ながらも充実している。

彼らはこれといった仕事があるわけではないから、のんびりと一日を過ごしているが、裕夢の仕事の邪魔をしてくることはなく、ひとり暮らしのとき同じように没頭できていた。

「裕夢さま、よろしいですか？」

襖の向こうから聞こえてきた小坊の声に、表紙絵の彩色に夢中になっていた裕夢はハッと我に返る。

「いいよ」

大きな声で返すと、小坊が静かに襖を開けて顔を覗かせた。

「どうかした？」

「あの、そろそろ中嶋さんがいらっしゃるころかと……」

「あ――――っ、忘れてた」

あたふたとデータを保存した裕夢は、パソコンの電源を落としてから腰を上げる。

昨日、中嶋から寄らせてもらうと連絡があったのだ。それを、仕事に熱中するあまり忘れてしまっていた。

「ごめん、コーヒーを淹れてくれる？」

「もう淹れてありますよ」

「ホント？　ありがとう、小坊がいてくれて助かったぁ」

気が利く小坊に満面の笑みで礼を言い、仕事部屋から出て行く。

「陽月は？」

廊下を並んで歩きながら訊ねると、小さな小坊がにこやかに見上げてきた。

「お台所でテレビを観ていらっしゃいます」

「なんか最近の陽月って、テレビ観てばっかり」

あまり口うるさく言うつもりはないけれど、陽月には少しばかり呆れている。

村が平和なあいだは陽月も暇だろうし、それはよいことだと理解している。それでも、お稲荷様が日がな一日、テレビを観ているのはどうかと思ってしまう。

「おそばで僕も拝見しているのですが、とても楽しいですよ」

小坊はここでの暮らしに、とても満足してくれているようだ。

実際には百歳を超えているが、見た目が中学生くらいだから、テレビが楽しいと言われてしまうとなにも言えなくなる。

まあ、陽月ひとりだと小言のひとつも口にしたくなるが、いつもにこにこしている小坊を前にすると、二人でテレビを観て寛ぐのもいいだろうと、そう思えてしまうから不思議だ。

「こんにちはー」

玄関から引き戸が開く音と、中嶋の大きな声が聞こえ、台所に向かっていた裕夢は足を止めて向き直った。

「いらっしゃ……」

中嶋と連れだって現れた男を目にしてギョッとする。

隣にいた小坊が玄関にいる男を見るなり向き直り、台所に向かって一目散に駆け出す。

(なんで……)

頭にツノはなく、鱗に覆われた尻尾も生えていない。

けれど、その厳つい顔を見忘れるわけもなかった。

中嶋と並んで立つ男は、紛れもない完璧に化身した青水だ。

黒い長袖のオープンシャツに、黒いレザーパンツを合わせている。露わな首元にはシルバーのネックレス、袖口から覗く手首には同じデザインのブレスレットという、なんとも洒落た格好をしていた。

青水がおとなしく泉に戻ってからは、天候もずっと安定している。すっかり改心したようで安心していたのに、いきなり姿を見せたから不安になった。

「山吹君のところに行く途中だっていうから一緒に来たんだけど、そこの神社はイケメンの宮司揃いでびっくりしたよ」

驚いている裕夢に説明をしてきた中嶋が、笑いながら青水を見上げる。

どうやら、中嶋はまた勘違いしているようだ。青水も本性を明かすほど愚かではないということか。

「こんにちは」

青水が驚くほど愛想のよい笑みを浮かべた。

その笑顔は心なしか照れくさそうでもあり、幾度となく襲いかかってきた青水とはまるで別人だった。

そのことに安堵するどころか、よけいに不安が募る。それでも、中嶋の手前、追い返すわけにもいかない。

「どうぞ」

二人分のスリッパを廊下の端に揃えると、中嶋が提げてきた紙袋を差し出してきた。

「はい、これ」

「ありがとうございます、いつもすみません」

礼を言って受け取り、廊下に上がれるよう脇に避ける。

「さあ、どうぞ」

「お邪魔します」

靴を脱いで廊下に上がった中嶋がスリッパを履くと、それをジッと見つめていた青水が真似をした。

どうやら、人間が暮らす家に上がるのは初めてらしい。真っ直ぐに続く廊下の奥に、探るような視線を向けている。

前は威圧感たっぷりだったというのに、今日の青水はやけにおとなしい。害はないように思えるのだが、油断はできない。安心したところで豹変するかもしれないのだ。

裕夢が先に立って廊下を歩き出すと、台所から陽月が姿を現した。

「中嶋さん、こんにちは」

「お久しぶりです、まだこちらにいらしたんですね」

「ええ、しばらく厄介になることになったんです」

中嶋と笑顔で挨拶を交わした陽月が、スッと視線を青水に移す。

「なにをしにきた？」

不機嫌そうな声と訝しげな視線から、陽月も青水を歓迎していないとわかる。

まさに一触即発の緊急事態だ。

どうしたものかと不安でたまらない裕夢は、陽月と青水のあいだで視線を行ったり来たりさせる。

「うん？　陽月たちと、ちょっと話がしたくなって……」

思いがけないしおらしい口調に、呆気に取られた。

もしかして、寂しくなって訊ねてきたのだろうか。それとも、しおらしさすら演技なのだろうか。

青水の言葉を信じていいものかと迷い、陽月と顔を見合わせる。けれど、苦々しい顔つきの彼もまた迷っているようだ。

人の心が読めると言う陽月にも、龍神の心は読み取れないのだろうか。不安が杞憂《きゆう》に終わることを祈るしかない。

「ならばこちらに来い」

陽月に手招きされた青水が、先に台所へ向かう。

ここで追い返すのは得策ではない思う裕夢は、口を挟むことなく中嶋と廊下を歩き出す。

「仕事、ちゃんと進んでる?」

「カラーの仕上げに入ったところです」

「じゃあ、明後日くらいには上がるね?」

「はい」

もちろんと大きくうなずき返すと、中嶋は満足そうに笑った。

「今日は泊まっていきますか?」

「いや、前に泊まったペンションを予約してあるんだ」

「再チャレンジですか?」

仕事の件で電話をしたときにペンションの話になり、妖精を見ることはできなかったと教えてくれた。

ただ、そのときの彼は諦めきれていないようだったから、同じペンションに泊まると言うのも納得がいく。

「そういうこと」

「今度は見られるといいですね?」

そんなたわいもない話をしながら台所に入っていくと、調理台の前に立っている小坊が笑顔を向けてきた。

「いらっしゃいませ」

「こんにちは」

小坊と挨拶を交わした中嶋が、いつものようにテーブルの端の席に座る。

反対の端に、すでに青水が座っていた。陽月は自分の隣に座らせたくなかったのかもしれないが、自分の横が青水なのかと思うと、裕夢は少しばかり気が重い。

とはいっても、いまさら席のことでとやかく言うのも大人げないように思え、そのままやり過ごす。

「中嶋さんからお土産、もらったよ」

カップにコーヒーを注いでいる小坊に紙袋を見せると、クリッとした瞳を輝かせて見返してきた。

「お菓子ですか？」

「そっ、都会のお菓子」

中嶋の真似をしてみせた裕夢は、さっそく袋から菓子を取り出す。

今回はあまり厚みのない箱が入っていた。

期待に胸を膨らませつつ包装紙を外し、箱のフタを開ける裕夢の手元を、小坊が脇から覗き込んでくる。

中身はマカロンの詰め合わせだったが、小坊は初めて目にするらしく、これはなんだと言いたげな視線を向けてきた。

「マカロンっていうんだよ。サックリして美味しいんだ」

簡単に説明をした裕夢は、箱ごとテーブルに運んでいく。

そのあとを、コーヒーを満たしたカップを載せた盆を持って小坊がついていきた。

「どうぞ」

「ありがとう」

小坊に笑顔で礼を言った中嶋が、ソーサーの端を摘まんで引き寄せる。

裕夢はマカロンの箱をテーブルの中央に下ろし、自分の席に腰かけた。

それぞれにマグカップを配った小坊が、調理台に盆を戻してから席に着く。

中嶋には客用のコーヒーセットを使っているのに、青水にはマグカップを使うという差をつけていた。

小坊自らの判断とはとても思えないから、陽月に言われたのだろう。客人扱いしないところが陽月らしい。

「いただきまーす」

小坊が遠慮しないように、裕夢はさっそくマカロンに手を伸ばした。

「いただきます」

きちんと頭を下げた小坊が、迷い顔でマカロンをひとしきり眺め、ひとつ摘まみ取る。

さまざまな種類がある中、彼は一番手前のマカロンを選んだ。

初めてマカロンを口にするから、味を確かめたかったのかもしれない。

青水はといえば、目の前に置かれたマグカップをジッと見つめている。

コーヒーを飲んだことがないのか、しきりに鼻を動かして匂いを嗅いでいた。

「あっ、美味しい……」

パッと顔を綻ばせた小坊が、すぐ新たなマカロンを摘まみ取る。

それを目にして興味をそそられたらしく、青水が脇からマカロンに手を伸ばしてきた。

「いただきます……」

緊張しているのか、青水の口調はかなりぎこちなくて、笑いが込み上げてくる。それは陽月も同じだったようで、笑いを堪えるような顔をしていた。

「それにしても、二人とも格好いいよねぇ……女の子の知り合いが多そうだし、誰か紹介してくれない？」

唐突にそんなことを言った中嶋が、コーヒーを啜りながら陽月と青水を見やる。

「この村は高齢化が激しくて、独身の女性は旦那さんを亡くしたひとり暮らしのおばあちゃんくらいですよ」

「そっかぁ……」

陽月から村の実情を聞かされた中嶋が、がっくりと肩を落とす。

「中嶋さん、結婚したいんですか？」

「そりゃあ、したいよ。俺、もう三十だしさ」

裕夢の素朴な問いかけに、中嶋が真顔で答えてきた。

「俺も嫁さんがほしいなぁ……」

ずっと黙っていた青水が寂しそうな声をもらし、裕夢は思わず陽月と顔を見合わせる。

いきなり青水が訪ねてきたのは、外の世界で楽しく暮らしている陽月を羨ましく思ってのことかもしれない。

「青水さんなら、東京に行けばいくらでも相手は見つかりそうだけどね？」

「俺、村を出られないから……」

「俺も結婚してたら、青水さんのために女の子、探してあげるよって言いたいけど、まずは自分の相手を探さないとなぁ……」

「どこかに可愛いお嫁さん、いないかなぁ……」

両隣から重苦しいため息がもれ、裕夢は苦笑いを浮かべる。

自分だけ幸せいっぱいなのが、なんだか申し訳なくなってきた。

とはいえ、紹介してあげられるような知り合いは誰もいない。陽月も口を出すつもりがないのか、黙々とコーヒーを飲んでいる。

「中嶋さん、コーヒーのおかわりはいかがですか？」

沈黙を破った小坊が席を立ち、中嶋に向けて両手を差し出す。

「ああ、ありがとう」

残りのコーヒーを飲み干した中嶋が、ソーサーにカップを載せて小坊に手渡した。

気が利く小坊に救われた気がした裕夢は、なにか別の話題はないかと必死に考える。

「そうそう、神社を舞台にした小説は、その後どうなりました？」

裕夢より先に陽月が話題を振ってくれた。

「あれはまだちょっとネタが足りなくて、資料集めをしてるとこなんですよ」

「それなら、龍神の話しをお聞かせしましょうか？」

「龍神？」

中嶋がにわかに興味を示す。

コーヒーを満たしたカップを手に戻ってきた小坊と目が合った裕夢は、思わず一緒に青水へと視線を向けた。

 青水の表情はこれといって変わっていない。まさか自分のことだとは思っていないのかもしれない。

「春日坂稲荷神社には古くから泉があるのですが、そこには龍神が住み着いていると昔から言われているんです」

「へぇ、あの神社にはそんな言い伝えもあるのか……」

「その龍神というのが、なかなか間抜けでして」

陽月がちらりと青水を見やる。

ようやく自分のことだと気づいたのか、カッと目を瞠った青水がすぐさま言い返す。

「間抜けはないだろう？」

「考えなしに行動するのを、間抜けと言わずになんと言うんだ？」

陽月はわざと青水を煽っている。

せっかくおとなしくしているのに、怒らせるようなことをしてどうするつもりなのだろう。

「聞かせてくださいよ、その間抜けな龍神の話を」

中嶋がテーブルに身を乗り出してくる。

「龍神って強くて格好いいイメージがあるから、逆に間抜けな龍神なんて面白いキャラになりそうですよ」

いつになく乗り気の中嶋を横目に、裕夢は不安を募らせる。

ありのままを陽月が話したりしたら、絶対に青水は怒るはずだ。とはいえ、話す気が満々の陽月と、聞く気が満々の中嶋を前に、どうすることもできない。

成り行きを見守るしかない裕夢は不安を胸に抱えたまま、いつの間にか席に着いていた小坊と顔を見合わせていた。

＊＊＊＊

「青水、いつまでここにいるつもりだ？」

痺れを切らしたような声をあげた陽月が、裕夢と並んで座っている青水を睨みつける。

ペンションに行くと言って中嶋が帰って行ったのは小一時間前のことだ。

それなのに、青水は居座っている。マカロンを摘まみながらコーヒーを飲む彼は、まるで自分の家にいるかのように寛いでいた。

どうなることかと危ぶまれた龍神の話は、ほぼ事実に基《もと》づいた内容だった。それでも、事実を曲げるわけにはいかないと思ったのか、青水は口を挟まなかったばかりか、これといって機嫌を損ねた様子もなく終了した。

中嶋が帰ったあとも青水が残ったのは、陽月に文句を言うためだろうと思ったが、いまのところその気配もない。

「なあ、裕夢を一晩、貸してくれないか？」

あまりにも唐突な申し出に、裕夢と陽月はもちろんのこと、小坊もポカンと口を開けた。

青水はなにを考えているのだろうか。わけのわからないことを口にした彼に、甚《はなは》だ呆れる。

「裕夢は私の伴侶なのだぞ、なぜおまえに貸さねばならない」

声を荒らげた陽月は、さすがに怒り満面だ。

「減るもんじゃないし、一晩くらい貸してくれてもいいだろう？」

懲《こ》りたふうもなく言ってのけた青水が、呆れ返っている裕夢の肩に手を回してきた。

「なっ……」

逞しい腕でガシッと抱かれ、驚きに肩をすぼめる。

「裕夢に触れるな！　すぐさまその手をどけろ！」

勢いよく立ち上がった陽月が、テーブル越しに青水の胸ぐらを掴む。

「堅いこと言うなよ、俺も誰かとイチャイチャしたいんだってば」

「ならば自分で相手を探せ、裕夢は私のものだ」

「探せないから貸してくれって頼んでいるんだろ」

言い合いを始めた青水の腕がふと緩み、すかさず逃れた裕夢はテーブルを回り込んで陽月の背に隠れる。

「よくそのような馬鹿なことが言えるな？　おまえはまた泉に封印されたいのか？」

伝家の宝刀を抜いた陽月が胸ぐらを掴んだまま見据えると、悔しげに唇を噛んだ青水が両手を挙げて降参の意を示した。

「いずれそなたにもよい伴侶が見つかる」

青水を解放した陽月が、裕夢の腰を抱き寄せてくる。

これで一件落着かと思われたが、そう簡単に青水は引き下がるつもりがないらしく、座ったまま陽月を見返した。

「そう言うなら陽月が探してくれよ」

「なぜおまえのために、私がそのようなことをしなければならないのだ、まったくもって理解に苦しむ。とっとと泉に戻るがいい」

語気も荒く言い放った陽月がさっと人差し指を立て、ギョッとした青水が止める間もなく指先に息を吹きかける。

「うわ――――っ」

浮き上がった青水の頭が天井に突き刺さり、そのまま身体ごと吸い込まれていく。

目の当たりにすると恐ろしい光景だったが、痛みなど感じていないとわかるから、心配をするどころか青水がいなくなってホッとした。

「なんて奴だ」

憤慨《ふんがい》して吐き捨てた陽月が、どんと椅子に腰を下ろす。

「またなにかしでかさなければいいけど……」

隣の椅子に腰かけてつぶやいた裕夢の肩を、陽月が優しく抱き寄せてくる。

「そこまで青水も愚かではないだろう」

「そう？」

「青水は再び泉に封印されることを、なによりも恐れている。私たちの怒りを買うような真似はしないはずだ」

心配するなと言いたげに優しく目を細めた陽月に、裕夢は自ら寄り添う。

ふと気がつけば、小坊がテーブルから下げた食器を洗い始めていた。

三人だけになった食堂は、いつもと同じ穏やかな空気に包まれている。

陽月と小坊と一緒にいられる幸せを、改めて噛みしめると同時に、泉でひとり暮らす青水を気の毒に思った。

これまでの陽月がそうであったように、千年もの時をひとり生きてきた青水も、いいようのない寂しさを抱えているのだ。

「たまには青水もご飯に呼んであげようか？」

「裕夢？」

ふとした思いつきを口にすると、陽月が表情も険しく裕夢の顔を覗き込んできた。

「青水はきっと話相手がほしいんだよ。さっきはとんでもないことを言ったけど、誰かにそばにいてほしいだけみたいだったし」

「恐ろしい目に遭わされたというのに、そなたは優しいのだな？」

そう言って小さく笑った陽月は、感心しているような、それでいてどこか呆れているような顔をしていた。

「啀《いが》み合ってるより、仲よくしたほうがいいでしょう？」

「確かにそうだな」

微笑んでうなずいた彼が、ふと抱き寄せている腕を解いて立ち上がる。

「そなたは仕事が残っているのだろう？　私は泉に行って青水と少し話をしてくる」

言い終えるなり、陽月の姿が消えた。

いつも特別な力を使うときは指先に息を吹きかけるのに、今はなにもしなかったような気がする。

陽月に目を向けていたのだから、見落としてしまったとは思えない。

「ねえ、小坊」

「はい？」

「陽月って指に息を吹きかけなくても、あの力を使えるの？」

振り返ってきた小坊に訊ねながら席を立ち、調理台に歩み寄って行った。

「ご自分のことであれば、なにもせずにお使いになれます」

「自分のことって？」

乾いた布巾《ふきん》を手に小坊の隣に立ち、洗い終えた食器を吹いていく。

「ご自分だけが移動をするときや、化身するときです」

「ああ、そういうことか……」

なるほどとうなずきながら、手早く拭き終えた食器を棚に運んでしまう。

陽月は料理以外のことは小坊にやらせればいいと言ったが、使用人のいる生活などしたことがないから落ち着かない。

それに、小坊の主人はあくまでも陽月であって、いくら結婚したからといって自分がなにもかも任せるのは違う気がしていた。

「じゃあ、仕事してくるね」

後片づけが終わったところで小坊に声をかけ、台所を出て仕事部屋に向かう。

「なにを話してるんだろう……」

陽月と青水が二人きりで静かに話などできるのだろうか。

話がこじれて喧嘩をしている二人の姿ばかりが、頭に浮かんでくる。

「陽月は青水に上から目線で物を言うからなぁ……」

言葉遣いひとつで、彼らの関係はよくなりそうな気がする。それでも、青水に対して優しく話しかける陽月を想像するのは難しい。

「帰ってきたら訊けばいいか」

陽月には会いに行くだけの優しさがあるのだから、もしかすると青水と仲よくなっているかもしれないと思いつつ、裕夢は廊下を歩いていた。

＊＊＊＊＊

深夜も近くなって布団に入った裕夢は、白い薄衣を纏った陽月の腕に抱かれながら、ふさふさの尻尾を弄んでいる。

挙式を終えた翌日から、寝室には二人で楽に横になれる、幅広の布団が敷かれるようになっていた。

新たに購入したのではなく、布団の狭さが気になっていたと言い出した陽月が、勝手に妖力で出したものだ。

ダブルサイズの布団を目にしたときは、妙な恥ずかしさを覚えた。けれど、一緒に寝てしまえば簡単に羞恥も消え失せ、それからは毎晩のように広い布団で抱き合って寝ている。

「青水ってご飯を食べたことあるのかな？」

ふと思い出して訊ねた裕夢は、手触りのいい尻尾を慈しむように撫でる。

青水は食事の誘いに二つ返事で乗ったらしく、さっそく明日の晩、一緒に食卓を囲むことになったのだ。

「食べたことはないと思うぞ」

「初めてなのかぁ……なにを作ってあげようかな……」

「そう悩むことはない。料理を口にしたところで、あいつも人間のように身になるわけではないからな」

「そうか、二人と一緒なんだね」

陽月や小坊、青水といい、外見はもちろんのこと、触れている肌も人間そのものなのに、中身は違っているということが、今さらながらに不思議になる。尻尾を弄りながらそんなことを考えてしまう。

「そなたに尾を弄られていると、なぜか眠くなってくる」

「気持ちがよくて？」

「ああ」

短く答えた陽月が、肩口に顔を埋めてきた。

「寝ちゃうの？」

「してほしいのか？」

顔を起こした陽月に間近から瞳を覗き込まれ、そんなつもりで言ったわけではなかった裕夢は慌てて首を横に振る。

「では、このまま寝るとしよう」

「えっ？」

思わず不満めいた声をあげてしまった。

毎晩、欠かさず一緒に寝ているけれど、なにもすることなくただ抱き合って眠ることのほうが多い。

そばにいるだけで幸せであり、充分に満たされている。それは確かなのだが、迷うことなく寝ると返されたら、もっと求めてくれてもいいのにといった思いが脳裏を過ぎったのだ。

「したいわけではないのだろう？」

意地悪げな物言いに、陽月はこちらの思いを察していると気づく。

ちょっと腹が立って我《が》を張りそうになったけれど、彼とひとつになりたい欲求に駆られた裕夢は、自ら唇を重ねてしがみついた。

そんなふうにしても、彼はまったく動じることもない。抱きしめたまま組み敷いてきたかと思うと、すぐに唇を貪ってきた。

「んっ……」

陽月と交わす甘いキスに、瞬く間に溺れていく。

と同時に身体の熱も高まり、己が早くも頭をもたげ始めた。

「ふ……っ」

パジャマの上から胸の突起を摘ままれ、鼻にかかった声をもらして身を捩る。

己と同じくらい敏感なそこを、陽月が執拗に弄ってきた。

摘まんで捏《こ》ねくり回したかと思うと、爪を立ててくる。

その度に湧き上がるせつない痺れに、キスもままならなくなっていく。

「はふっ」

唇から逃れて息を吐き出し、痛いほどに感じている乳首を責め立てる陽月の手を押さえる。

「ここは嫌か？」

そう訊いてきた彼が、爪の先で硬く凝った乳首を弾いてきた。

「あんっ」

痛みとも快感ともつかない強烈な感覚に、肩を窄めて身震いする。

「嫌ではなさそうだ」

楽しげに言いながら、さらに爪で弾いてきた。

男には不要のもののはずなのに、どうしてこんなにも感じてしまうのだろう。不思議でならなかったけれど、陽月の愛撫に身体が蕩けそうになっていた。

「は……っ」

乳首を弄りながら下着の中に手を入れてきた彼が、すでに硬く張り詰めている己を包み込んでくる。

「あぁ……」

触れられただけでグッと力を漲《みなぎ》らせたそこが、激しく疼き出す。

指先で裏筋をなぞられ、くびれをぐるりと辿られ、さらには鈴口に指を突き立てられ、どうしようもないほどの快感に腰を揺り動かす。

いつも呆気なく果ててしまうから、頑張って堪えようとするのだが、陽月の手にかかればそうした抵抗は虚《むな》しく終わってしまう。

「陽月……陽月……」

巧みな愛撫に身体中の血が湧き上がり、もう射精感に苛《さいな》まれ始めた。

「そなたは辛抱がなさすぎだ」

呆れたように言った陽月が、己から手を離してしまう。

あと少しで達せそうなところで放り出され、裕夢は慌てて彼の手に追いすがる。

「心配するな」

耳元で優しく囁いてきた彼の手が、再び己を捉えてきた。

「あっ……」

彼の手とは異なるなにが己に触れている。

焼けるように熱いそれは、ドクドクと脈打っていた。

「陽月……」

彼のものが己に重なっているのだと気づき、裕夢は驚きに目を瞠る。

「楽しみ方はいろいろあるのだぞ」

互いのものを片手に収めた陽月が、少し腰を浮かして覆い被さってきた。

「そなたも私に触れてくれ」

静かな声で促され、恐る恐る股間に手を伸ばす。

「いい子だ」

硬く張り詰めた互いのものにそっと触れると、陽月が嬉しそうに顔を綻ばせた。

自身にだけでなく、手にも脈動が伝わってくる。

初めて陽月自身に触れたとたん、わけもなく昂揚《こうよう》してきた。

己も同時に硬度を増し、痛いほどに張り詰める。

「このまま一緒に達するぞ」

根元を握っている陽月の手が上下に動き出し、裕夢の手が弾かれてしまう。

そのままでもかまわなかったのだが、触れていたい気持ちのほうが強く、再び重なり合う灼熱の塊に手を伸ばす。

陽月の手淫は止まらず、掴む場所がない裕夢は彼の手に己の手を重ねる。直に触れることは叶わなかったが、それで充分に思えた。

「すごい濡れようだ」

「ひゃ……あぁ……」

蜜が溢れる先端を指先で撫で回され、あられもない声をあげて身悶える。

触れられるほどに、どんどん蜜が溢れてきた。

その蜜が互いを濡らしていき、滑りがよくなる。

「あっ、あふ……んんっ」

滑らかになった手の動きに、いっとき忘れていた射精感が舞い戻ってきた。

それは抗いようがないほど強く、裕夢は達することしか考えられなくなる。

淫らに腰を前後させ、下腹の奥から迫り上がってくる熱の塊に意識を集めた。

「もっ……出……る……」

一刻の猶予もままならないところまで追い詰められ裕夢は、片手で陽月の背を掻き抱き、押し寄せてきた奔流に身を任せる。

「はぅ」

根元からきつく扱き上げられ、我慢の限界を超えた。

先端から溢れた精に指が濡れていく。

それでも陽月は手を動かし続けた。

すでに達した己を扱かれ、苦しいほどの快感に襲われる。

「や……もっ、無理……」

「しばしの我慢だ」

陽月は聞き入れてくれない。

たぶん、裕夢が早くに達しすぎてしまったのだ。

度を超した快感に涙が滲み始める。

こんなにも苦しい快感があることなど知らなかった。

このまま続けられたら、おかしくなってしまいそうなほど辛い。

「裕夢……すまない、あと少しだ……」

声を上擦らせた陽月の息が、どんどん荒くなっていく。

ともに達せなかったのは自分のせいだ。陽月にも気持ちよくなってほしい思いから、歯を食いしばって苦痛を堪える。

互いのものを扱く手の動きが速まり、あまりにも苦しい快感に陽月の背に爪を立ててあごを反らす。

「裕……夢っ」

グッと腰を押しつけてきた陽月の動きがピタリと止まり、裕夢の腹が熱い迸りに濡れる。

「はぁ……」

大きく息を吐き出した彼が、力なく身体を重ねてきた。

己から手が離れ、ようやく苦痛から逃れることができた裕夢は、脱力した陽月を両の手で抱き締める。

「陽月、ごめん……今度はもっと頑張るから……」

ともに達せなかった申し訳なさに詫びると、陽月が片肘を布団について上体を浮かせた。

「可愛いことを言うな。そなたは今のままでいい」

「でも……」

「無理をせずとも、いずれともに楽しめるようになる」

どうしてそんなことがわかるのだろうかと、首を傾げて彼を見つめる。

「そなたはまだ慣れていないだけだ」

「じゃあ、いっぱいしないとダメだね？」

同じことの繰り返しで、ものごとに慣れていく。

単純にそう思ったのだが、陽月に声を立てて笑われ、なにか間違ってことを口にしただろうかと、またしても首を傾げた。

「そうだな、これからは夜毎、そなたと愛し合うことにしよう」

身体が持つだろうかといった不安はあったけれど、陽月とひとつになる悦びはなににも代えがたく、異論などあるわけもない裕夢はコクリとうなずき返す。

「そなたは本当に可愛い」

目を細めた陽月の肩ごしに、揺れ動く長い尻尾が見える。

戯《たわむ》れの最中、いつも抱えているのに、今夜はすっかり忘れていた。

「陽月、大好き」

満面の笑みを浮かべ、長い尻尾を掴んで引き寄せる。

「私ではなくその尾が好きなのではないのか？」

ふさふさの毛に頬を擦り寄せている裕夢を、少し拗ねたように見つめてきた。

「陽月の全部が好き」

どこが好きとか、選べるわけがない。

尻尾を抱いていると安心するからあったほうがいいけれど、なくても陽月を好きだと断言できる。

「裕夢……」

真摯な眼差しを向けてきた彼を、尻尾を抱え込んだまま見つめ返す。

「私の可愛い花嫁……」

感極まったように唇をきつく結んだ陽月が、そっと頬を撫でてくる。

「陽月……」

息苦しいほど胸が熱くなった裕夢は、両手を陽月の首に絡めて引き寄せ、きつく結ばれた唇を塞ぐ。

二人の愛は永遠に続く。終わりのない愛に、ときに苦しむこともあるだろう。それでも、陽月となら必ず乗り越えられる。

そう言い切れるのは、互いに揺るぎない愛で結ばれていると確信しているからだ。

愛する陽月をふさふさの尻尾ごと抱きしめた裕夢は、我を忘れいつまでも唇を貪っていた。

龍神の初恋

ようやく仕上がった原稿のデータを、明け方近くになって中嶋に送った裕夢は、寝るのを後回しにして朝食の準備をしている。

昨日は締め切りに間に合うかどうかの瀬戸際にあり、三食とも小坊に用意してもらった。

人間界での暮らしにすっかり慣れた小坊は、料理の腕前が上がってきている。

とはいえ、なにからなにまでひとりでするのは初めてのことで、料理が完成するまで時間を要したらしい。

すべて任せてしまった申し訳なさから、小坊が起きてくる前に朝食を作っておこうと思ったのだ。

「そういえば、陽月たちにおにぎりを作ってあげるのは初めてだなぁ……」

炊きたてのご飯でおにぎりを作るのは、いったいいつ以来だろうか。

ひとり暮らしを始めたころは、料理がそれほど上手くなかったこともあり、とにかくご飯を炊くとおにぎりにしていた。

空腹を感じたときにすぐ食べられるだけでなく、たとえおかずがなくてもおにぎりであれば満足感が得られたからだ。

しばらくして、いろいろな料理を作れるようになり、それからはぱったりとおにぎりを作っていなかった。

「いっぱい作りすぎちゃった……」

最後のひとつを握り終えて数えてみると、大きめのおにぎりが十二個、皿に並んでいる。

五合の米を炊いたのだが、いい気になって握りすぎてしまったようだ。

鮭、おかか、昆布の佃煮《つくだに》、梅干し、ツナのマヨネーズ和えと、いろいろな具を用意したのも災いしたかもしれない。

三人で一度の食事で食べられる数などたかがしている。陽月にとって食事は形式的なものにすぎず、基本的に食べる量が少ない。ひとりで二つがいいところだろう。

「余ったら冷凍すればいっか……」

冷凍してもいいし、夜に食べてもいいと思いながら、おにぎりを並べた皿にラップを掛けていると、玄関の引き戸が開く音が聞こえてきた。

「えっ？」

こんな朝早くから、いったい誰だろうかと急いで台所を出て行く。

「おはよう」

聞き覚えのある声に廊下を歩きつつ玄関に目を凝らしてみると、人間の姿をした青水が立っていた。

朝っぱらからなにごとだろうかと不安になり、玄関に向かう裕夢の足が自然に速まる。

「どうかしたの？」

廊下の端で足を止めた裕夢は、挨拶も忘れて青水の顔を訝しげに見た。

「いや、天気がいいからみんなでちょっと散歩でもどうかなって……」

格好いい出で立ちの青水が頭をポリポリと掻きながら、照れ笑いを浮かべる。

彼を夕食に招くようになって一ヶ月ほどになるが、最初は週に一度だったのがいつの間にか二度に増え、今では一日置きになっている。

根っからのひねくれ者ではないようだし、食事は大勢のほうが楽しい。だから、青水と仲よくするのはべつにかまわない。ただ、散歩に誘いに来たことには、さすがに面食らった。

「散歩って……陽月たち、まだ寝てるよ」

「そうか……」

青水が残念そうに肩を落とす。

「あっ、でもそろそろ起きる時間だから、ちょっと待ってて」

しょんぼりとした青水が見ていられなくなり、裕夢は踵を返して寝室に急ぐ。

いっときとはいえ彼に恨みを抱いていたのに、気を遣っている自分に驚く。

それでも、陽月に諫《いさ》められて改心した青水は、あのときの青水ではない。寂しさを胸に宿していると知っていながら、放っておけるわけがなかった。

「陽月、起きて」

寝室に入った裕夢は、布団で寝ている陽月を揺り起こす。

「なんだ？」

いつでも寝起きがいい彼は、たった一度でムクリと起き上がった。

「お天気がいいから散歩に行かない？」

「散歩？　そなた仕事はどうしたのだ？」

布団の上に片膝を立てて座った彼が、眉根を寄せて見返してくる。

「終わったよ。さっき中嶋さんにデータを送ったから、今日はゆっくりできるんだ」

「さきほどまで起きていたのなら、散歩などと言っていないで寝たらどうだ？」

「徹夜明けで目が冴《さ》えちゃってるんだよ、とにかく出かける支度して」

陽月にそう言い残した裕夢は、小坊を起こすためにそそくさと寝室を出ていく。

すると、いつの間に起きたのか、小坊が玄関で待たせていた青水と話をしていた。

「小坊、おはよう」

「おはようございます」

いつもと同じシンプルなシャツとズボン姿の小坊が、満面の笑みを向けてくる。

「青水さんとお散歩に行くのですか？」

小首を傾げた小坊が、ちらりと青水を見やった。

どうやら、青水はさっそく散歩の件を伝えたらしい。最近は家を訪ねてくると、小坊とばかり話をしている。

陽月の花嫁となった裕夢を相手にしてもつまらないから、どうしても小坊に目が向きがちになるのだろうと思っていたけれど、どうやら本気で惹かれているように感じられた。

本当は小坊だけを散歩に誘いたかったけれど、陽月の手前そうもできないから、青水は「みんなで」と言ったのかもしれない。

「そうだ、外で朝ごはんを食べよう！」

名案を思いついた裕夢がはしゃいだ声をあげたところで、陽月が廊下に現れた。

完璧な人間の姿で、耳も尻尾も消えている。

「なにごとだ？」

表情も険しくこちらに向かってきた彼が、青水を目にしてさらに顔を顰《しか》める。

「陽月、おにぎりをたくさん作ったから、それを持ってみんなで神社の裏に行こうよ」

「神社の裏？」

「ほら、ちょっとした丘になってるじゃない、あそこで朝ごはんにしよう。小坊、手伝って」

陽月と青水を玄関に残し、裕夢は小坊と台所に急ぐ。

「あの……おにぎりってなんですか？」

「ご飯を持ち歩けるようにこうやって握って、海苔で巻いたのをおにぎりって言うんだ」

手振りを交えて説明してやると、小坊がおやっといった顔で見返してきた。

「中に梅干しとか入っていますか？」

「うん、他にも鮭とかおかかとか、具はなんでもいいんだよ」

「あのう……それっておむすびとは違うんでしょうか？」

「ああ、一緒、一緒、おにぎりとも言うし、にぎりめしって言うこともあるよ」

十五歳まで普通に人間の食事をしてきたから、小坊は食べたことがあるのだろう。

「おむすびを食べるのはすごく久しぶりです」

「そりゃそうだ」

小坊と顔を見合わせながら台所に入った裕夢は、戸棚から大きな密閉容器を取り出し、調理台に下ろす。

「この中に入れてくれる？」

「はい」

小坊におにぎりを詰めてもらっているあいだに、反対側の戸棚を開けて水筒を探す。台所には昔から使っていたものがそのまま残されていて、だいたいのものは揃うのだ。

「あった、あった……」

父親や叔父叔母が子供のころに使っていたであろう、なんとも古めかしい水筒が出てきた。冷蔵庫で冷やしている水を水筒に移し、人数分のグラスを用意する。

おにぎりだから皿はいらないが、手を拭くおしぼりは必要だ。

引き出しから乾いた布巾をまとめて取り出し、水に濡らして硬く絞り、新しいビニール袋に入れる。

「裕夢さん、終わりました」

「じゃあ、これに入れて」

大きめの紙袋を小坊に渡し、別の紙袋に小さな盆、水筒などを次々に入れていく。

「じゃあ、行こうか」

準備が整ったところで、小坊に声をかけて玄関に向かう。

「お待たせ」

「そなた、本当に寝なくてよいのか?」

振り返ってきた陽月が、心配そうに裕夢の顔を覗き込んでくる。

「大丈夫だよ。仕事が終わったからいつでも昼寝できるし、たまにはみんなで外に出るのも楽しそうじゃない」

裕夢が笑顔を向けると、陽月はようやく納得したのか、玄関に下りて靴を履いた。

「小坊、俺が持ってやる」

玄関に下りようとしている小坊の手から、青水が大きな紙袋を取り上げる。

口調はぞんざいなところがあるけれど、なかなか気が利くではないかと感心してしまう。

「裕夢、それを」

負けじと陽月が手を伸ばしてきた。

彼は普段から優しいけれど、こんなふうな気遣いは初めてだから自然に顔が綻ぶ。

「ありがとう」

素直に紙袋を渡し、玄関に下りてスニーカーを履く。

なんだかダブルデートみたいで、浮き浮きした気分になってくる。

一緒にいるのは稲荷神と龍神、そしてイタチだ。それでも、彼らは完璧な人間の姿をしているから、誰の目を気にすることもない。

「鍵を閉めるから先に出て」

陽月たちに声をかけ、靴箱の上に置いてある鍵を取る。

空き巣など心配する必要もない長閑《のどか》な村ではあるが、最後に玄関を出た裕夢は念のため鍵を掛けた。

すでに青水と小坊は神社に向かって歩き始めている。ときおり顔を見合わせて笑う彼らは、とても楽しそうだ。

「ホントにいいお天気」

「そなたと外を歩くのは初めてだな」

「そういえば……」

晴れ渡った空を見上げていた裕夢は、陽月を見上げて笑う。

たまには一緒に買い物に行くこともあるが、その際は軽自動車を使っている。だから、二人で出かけたとしても、のんびりと歩いたことなどないのだ。

「なかなか気持ちのいいものだ」

「そうだね」

顔を見合わせてうなずき、先を歩く青水たちのあとを追いかけた。

(あっ……)

ふと見ると、青水と小坊が手を繋いでいる。

いつの間にと思うと同時に、手を取り合って歩く彼らが羨ましくなった。

それでも、自分から陽月と手を繋ぐのは恥ずかしい。それに、そんなことをしたら彼に「なにをするのだ」とか言われそうだ。

「私たちも手を繋ぐか」

まるで思いを察してくれたかのように、陽月がさりげなく裕夢の手を握ってきた。

ただそれだけのことに、胸がジワッと熱くなる。

散歩に誘ってくれた青水に感謝しつつ、陽月と手を繋いで歩く喜びを噛みしめた。

「ねえ、陽月……」

「なんだ？」

ゆったりとした足取りで歩く彼が、穏やかな瞳を向けてくる。

「青水が小坊をお嫁さんにしたいって言ったら、陽月はどうする？」

「そなたも青水が小坊に惚れていると思っていたのか？」

「そういうふうにしか見えないよ」

驚いている陽月に、笑いながら肩をすくめてみせた。

「確かにそうだな」

「で、どうするつもりでいるの？　小坊もまんざらじゃないみたいだよ？」

そう問いかけながら、前を行く青水と小坊に目を向ける。

かなり距離が空いているが、彼らの笑い声がこちらにまで届いていた。

あんなに楽しそうな小坊を見るのは初めてだ。

小坊は生まれて間もないころから陽月のそばにいた。彼が青水に恋しているとしたら、それは紛れもない初恋だ。

千年のときを泉を守りながら生きてきた青水にしても、これが生まれて初めての恋かもしれない。二人が思い合っているならば、彼らの初恋を成就させてあげたかった。

「私にはそなたがいるゆえ、小坊が離れていこうとかまわない、ただ……」

陽月が神妙な面持ちで前を見据える。

なにか問題でもあるのだろうか。気になった裕夢は、黙って彼を見つめる。

「小坊は私たちと同じく永遠に死ぬことがない」

「あっ……」

青水と小坊の恋は、そう簡単には実らないのだと気づいた。

龍神の青水には寿命があるに違いない。どれほどその寿命が長くても、いずれは息絶えるときが訪れるのだ。

伴侶を失う悲しみは大きい。ともに過ごした時が長ければ長いほど、小坊の悲しみは大きくなるだろう。

そして、小坊を残していかなければならない青水の気持ちを考えると、彼らの結婚は簡単ではないと思ってしまう。

「なんとかして青水に永遠の命を与えることはできないのかな？」

「私に青水を抱けと？」

「あっ……それはさすがに……」

陽月に組み敷かれる青水を想像したら、羞恥より笑いが込み上げてきた。

「あとは青水自ら、天帝に願い出るしか手はないだろうな」

「そっか……」

自分たちにはどうすることもできない。

本気で小坊が好きならば、彼もきちんと考えるだろう。

上手くいくといいのだけれどと思いながら、裕夢は陽月と手を繋いで歩を進める。

間もなくして春日坂神社が見えてきた。

神社の脇にあるだらだらとした上り坂の先に、眺めのいい丘が広がっている。

「息が上がってるぞ、大丈夫か？」

陽月と二人で丘に上がると、小坊を心配する青水の声が聞こえてきた。

「あまりたくさん歩いたことがないので……」

片手を胸にあてている小坊が、恥ずかしそうに上目遣いで青水を見返す。

「立っていないで早くここに座れ」

片手を天に突き上げた青水が、勢いよくその手で地面を指さすと、三畳分ほどのゴザが地面に現れた。

陽月ならば、きっと豪華な絨毯を出していただろう。ゴザを選んだところが、長らく泉に封印されていて外に出ることができなかった青水らしい。

(なにも言わないんだ……)

陽月が文句のひとつも口にしないことに驚く。

青水を泉に封印した張本人である彼は、ゴザを出したことに触れてはいけないと気遣っているのかもしれない。

「ありがとうございます」

小坊は礼を言いながらも、座ろうとしない。

主である陽月より先に座ることを躊躇っているようだ。

「座って休むといい」

気を利かした陽月が声をかけると、嬉しそうに笑って頭を下げた小坊が、運動靴を脱いでゴザの端にちょこんと正座をする。

「お腹が空いたでしょう？　朝ごはんにしよう」

スニーカーを脱いだ裕夢は、陽月の手から紙袋を取ってゴザの中ほどで両膝をついた。

紙袋からまずは盆を取り出し、その上に並べたグラスに水筒の水を満たしていく。

「青水さん、それを」

ゴザに上がった青水から大きな紙袋を取り上げた小坊が、盆の脇に密閉容器を置いてフタを開ける。

「なんだこれは？」

「おむすびですよ。ご飯を握ったものです」

「なるほど……」

小坊の隣に胡座をかいている青水が、興味津々と見ていたおにぎりに手を伸ばす。

すると、すかさず小坊がその手をペチッと叩いた。

「まだ食べてはいけません」

厳しい口調で小坊に言われた青水が、そろそろと手を引っ込める。

「これで手を拭くのが先ですよ」

裕夢が袋から取り出したおしぼりをひとつ手に取った小坊が、両手で青水に差し出す。

「躾《しつけ》のなっていないやつだ」

裕夢の隣で片膝を立てて座った陽月がからかうと、おしぼりを持っている青水がむくれ顔で手を拭き始めた。

「中の具は鮭とおかかと梅干しなんだけど、どれがどれだかわからなくなっちゃったから、適当に食べて」

裕夢は笑いながらそう言って、待ち兼ねた顔をしている三人におにぎりを勧める。

握り終えたおにぎりを皿に並べているときは具ごとに並べていたが、小坊がどういう順番で密閉容器に詰めたのか知らないのだ。

中身がわからないで食べるのも楽しいだろうと思っていると、手を拭き終えた三人がいっせいにおにぎりに手を伸ばした。

「俺、鮭が食いたいんだけどな……」

青水が迷った末にひとつ取り上げ、小坊が続く。

「裕夢、ほら」

「ありがとう」

陽月が取ってくれたおにぎりを、礼を言って受け取った。

些細なことが、いつも以上に嬉しく感じられる。

「この小さな中に鮭が入っているのか?」

不思議そうな顔をしつつおにぎりを二つに割った青水が、中身を見てがっくりと項垂《うなだ》れた。

そんなに鮭が食べたかったのだろうかと、裕夢はおにぎりを囓りつつ笑う。

「青水さん、こちらと交換しましょう」

「いいのか？」

「はい、青水さんは鮭が召し上がりたかったのでしょう？」

どうやら小坊が選んだおにぎりの具は鮭だったようだ。

「すまない」

照れ笑いを浮かべながらも、小坊とおにぎりを交換した青水が、躊躇いもなくまるで子供のように口いっぱいに頬張る。

「お酒を持ってくればよかったね？」

「うん？」

おにぎりを食べていた陽月が、どうしてだと言いたげに首を傾げて見つめてきた。

「ここでお酒を飲んだら美味しそうじゃない」

「酒を持ってまた来ればいい」

「そっか……」

陽月の短い言葉に、またしても嬉しくなる。

一緒にのんびりと散歩をすることなど、これまで考えたこともなかった。きっかけを与えてくれた青水に心の中で礼を言う。

「美味い！」

「はい、とっても」

おにぎりを頬張りながら、青水と小坊が幸せそうに顔を見合わせる。

彼らの様子を見ていると、すでに心が通じ合っているようにしか思えない。

青水に永遠の命があったならば、これからもずっと四人で楽しく暮らしてける。できることならそうしたいが、裕夢は自分が口を出すことではないと思っていた。

「これはどうだ？」

二個目を手にした青水が、おにぎりを二つに割る。

「これも梅干しだ……」

「また鮭がよろしいのですか？」

小坊に訊かれた青水が、コクリとうなずき返す。

「鮭がお好きなんですね」

そう言って新たなおにぎりを手にした小坊が、二つに割って具を確かめる。

「すごいな小坊は」

脇から見ていた青水が驚きの声をあげると、小坊がどうぞとおにぎりを差し出した。

「また梅干しだぞ？」

「梅干しも美味しいですよ」

にこっとした小坊が、青水の手からおにぎりを取り上げて交換する。

なんとも微笑ましいやり取りに、思わず顔が綻ぶ。

「ああ、美味かった」

あっという間に二個目を食べ終えた青水が、海苔のついた指先をペロペロと舐めてからおしぼりで拭き、グラスの水をゴクゴクと飲んでいく。

「なあ、陽月……」

不意に呼びかけられた陽月が、グラスを盆に戻した青水に目を向けた。

「なんだ？」

「俺に小坊をくれないか？」

あまりにも唐突な青水の申し出に、ビックリ仰天した小坊の手から食べかけのおにぎりがぽろりと落ちる。

「俺、小坊を嫁にしたいんだ」

「青水さん……」

ゴザに転がったおにぎりを拾うのも忘れ、青水と陽月を交互に見ている小坊はかなり狼狽《うろた》えていた。

「青水、おまえは小坊が永遠の命であることを知っているはずだ」

「ああ、わかってる」

「ならば……」

「ならばって、永遠の命を持つ者と交われば俺も永遠の命になるんじゃないのか？」

青水が間違っているかと、問うような視線を陽月に向ける。

「永遠の命がある者の精を、その身で受けなければならないのだぞ？」

陽月は完全に呆れているようだ。

身体を繋げなければ、精を受け止めることはできない。

小坊が青水を貫いて精を注ぐ状況など、確かに想像し難いことであり、呆れる陽月の気持ちも理解できる。

「身体に取り入れればいいんだろう？　だったら、小坊の精を俺が飲めばいいってことじゃないのか？」

そう言いながら、青水が身を乗り出してきた。

「ふっ……」

立てた膝に預けていた手で顔を覆った陽月が、肩を揺らして笑い出す。

「まったく……なんで……」

陽月はひとしきり笑って手を下ろすと、怪訝《けげん》な顔をしている青水を真っ直ぐに見据える。

「そうだな、そこにまで思いが至らなかった……」

また笑いが込み上げてきたのか、陽月の言葉が途中で途切れた。

同じく考えが至らないでいた裕夢は、あれこれ悩むほど大きな問題ではなかったとわかって胸を撫で下ろす。

「あのぅ……」

小坊が躊躇いがちに割って入ってきた。

彼は今のやり取りが解せないようだ。

裕夢はその気持ちはよくわかった。陽月と身も心も結ばれていなければ、青水の言ったことなど、まったく理解できなかったはずだ。

とはいえ、誰がどのように小坊に説明をするのだろうか。そんなことを考えたとたん、羞恥に襲われた。

「小坊、おまえに訊きたいことがある」

先に口を開いたのは陽月だった。

「はい」

居住まいを正した小坊が、陽月に真摯な瞳を向ける。

「青水はおまえを嫁にすることを望んでいる。おまえの気持ちはどうなのだ？」

「陽月さまのお許しが頂けるのでしたら、青水さまのもとへ……」

語尾を濁した小坊が、恥ずかしそうに頬を色づかせて下を向く。

「青水と永遠に生きる覚悟があるのだな？」

陽月のさらなる問いかけに、俯いていた小坊がそろそろと顔を上げる。

「青水さまも永遠に生きることができるようになるのですか？」

「おまえ次第だ」

「えっ？」

小首を傾げた小坊が、つぶらな瞳を瞬かせて陽月を見返す。

「これまでおまえが無駄に捨ててきた精を、青水の口にたっぷりと注いでやればいいだけのことなのだが、できるか？」

「そ……それは……」

ほんのり桜色に染まっていた頬が、一瞬にして真っ赤になった。

先ほど以上に深く項垂れた小坊が、もじもじし始める。

経験がある裕夢ですら、その様子を思い起こして羞恥を覚えたのだから、小坊は消え入りたい気分になっているに違いない。

「小坊、俺はおまえと永遠に過ごしたいんだ」

ズボンを握り閉めている小坊の手を、青水がそっと握り取る。

「あ……あの……」

「俺の嫁になってくれないか？」

静かな声のプロポーズに、肩を窄めて小さくなっていた小坊が、ゆっくりと顔を起こして青水を見つめた。

「で、でも……その……僕の精など……」

「たいしたことじゃない、裕夢もやってる」

青水がちらりと裕夢を見てくる。

続けて小坊にまで視線を向けられ、恥ずかしさに顔から火が出そうになった。

突然、なにを言い出すのだろうか。なにもこんなときに、自分の名前を出さなくてもいいではないか。文句を言いたいところだが、恥ずかしくて言葉にならない。

「裕夢さんもなさっているのですか？」

「へっ……」

純真無垢な真顔で小坊に訊かれ、どうすればいいのかわからなくなる。

「愛し合っていれば、どんなことも恥ずかしくなくなるものだ。小坊、青水に永遠の命を授けるか？」

陽月の言葉に、ふと小坊の顔が綻ぶ。

「はい」

「では、今日からおまえは青水のもとで過ごすがいい」

「ありがとうございます」

正座をしている小坊が、ゴザに三つ指をついて深く頭を下げた。

「小坊……」

お辞儀を終えた小坊を、満面の笑顔で青水が抱きしめる。

「可愛い、俺の小坊……」

小坊の頭をくしゃくしゃと撫で回す青水は、本当に嬉しそうだ。

顔を真っ赤にしていた裕夢は、恥ずかしがっている場合ではないと思い直し、真っ直ぐに彼らを見つめる。

「小坊、青水、おめでとう」

心からの祝いの言葉を向け、陽月と顔を見合わせた。

「よかったね」

「そうだな」

これでみんなが幸せになれる。

ただただ、それが嬉しくてたまらない。

「いますぐ天帝に報告してくる」

「ああ、好きにしろ」

陽月が笑いながら片手で追い払う仕草をすると、青水はとくに言い返すでもなく片手を空に突き上げた。

そうしてなにかを唱えると同時に、二人の身体が水に包まれる。瞬く間にその水が渦巻き始め、空に向かって消えていった。

「そういえば、龍神はどこから天界に行くの？」

本殿の鏡を使えるのは、神社に祀られている陽月だけだろう。

鏡に似たようななにかが、青水が住んでいる泉にでもあるのだろうか。

「龍神は雲を操《あやつ》って天界に昇るのだ」

「へぇ……」

そういえば、龍の絵やイラストにはよく雲が描かれている。

やはり伝説はただの作り話ではなく、目の当たりにした人間が誰かに話したり、絵に残したりしたのだろうか。

世の中には不思議なことがたくさんあるのだと、いまさらではあるけれど改めて実感する。

「それにしても気持ちがいいものだ」

急に大きな伸びをした陽月が、仰向けでゴザに横たわった。

「裕夢もどうだ？」

隣をポンポンと叩かれ、素直に並んで仰向けになる。

一面に広がる清々しいほどの青い秋空を、寝転んだままぼんやりと見つめていたら、急激な眠気に襲われた。

「ふぁー」

思わず大欠伸《あくび》をした裕夢は、陽月の視線を感じてパッと片手で口を押さえる。

「徹夜をしたから眠いのだろう？」

寝返りを打って横向きになった彼が、肘枕をついて顔を覗き込んできた。

そういえば、結婚してから一緒に寝なかったのは初めてかもしれない。

寂しい思いをさせてしまったかなと思い、両手で陽月に抱きつく。

「裕夢？」

「ひとりでちゃんと眠れた？」

「寂しくて眠れなかったと言ったら、そなたはどうするつもりだ？」

笑っている陽月が、誘うような瞳を向けてくる。

先ほど起こしに行ったときは眠っていたのだから、一睡もできなかったことはないだろう。

それでも、しばらくは寝付けなかった可能性はある。

仕事だからしかたがないといってしまえばそれまでだが、やはり申し訳ない思いがあった。

「ふふ……」

小さく笑った裕夢は、形のいい唇を自ら塞ぐ。

待ち兼ねていたかのように、すぐさま陽月が舌を差し入れてきた。

唇を貪り、舌を絡め合う。もうなんの躊躇いもない。

ひとたび唇を重ねてしまえば、眠気も吹き飛ぶ。

「んんっ」

晴れ渡った青空のもとで甘いキスに酔いしれていると、広い背を抱きしめている手をふと柔らかな毛がかすめた。

唇を重ね合ったまま手で探った裕夢は、触り慣れた尻尾があることに気づいてパッと顔を背ける。

「陽月、尻尾が……」

「朝からこのようなところには誰も来ないから気にするな」

心配無用と笑った彼が、再び唇を重ねてきた。

確かにこの時間は、みな畑仕事に精を出している。

わざわざ神社裏までやってくる村人はいないだろう。とはいえ、戸外でこの姿でいられると不安になる。

「消せないの？」

再び顔を背けた裕夢が訊ねると、陽月はしかたなさそうなため息をもらした。

「はぁ……そなたは相変わらず心配性だな」

「だって……」

仮に自分の姿を見られたとしても、記憶を消せばいいと思っているのだろうが、最初から見られないにこしたことはない気がしている。

「わかった」

そう言うなり、肩の向こうで揺れていた尻尾が消えた。

彼の頭に目を向けると、耳もなくなっている。

（ホントに消えちゃった……）

なくなったら、なくなったで寂しい感じがした。けれど、それを言うと再び耳と尻尾が現れそうで黙っている。

「そうだ」

「今度はなんだ？」

「小坊と青水って泉で暮らすの？　小坊って水の中でも平気なの？」

ふと浮かんだ疑問を口にした裕夢を見て、陽月がおかしそうに笑う。

「永遠の命をなんだと思っている？」

「あっ、そうか……でも、一緒に暮らしたいなぁ……」

「あの家でか？」

「陽月は嫌なの？」

陽月と青水は敵対関係にあったかもしれないが、今はもうわだかまりもなくなっているように思える。

家には空き部屋が幾つもあるのだし、絶対に四人で暮らしたほうが楽しいはずだ。

「そんなことはないが……」

「じゃあ、一緒でもいい？」

「青水たちにも聞く必要があるが、そなたが暮らしたいのであれば私はかまわないぞ」

「ありがとう……って言っても、天界で報告をすませたら泉に帰っちゃうかな？」

「いや、ここに戻ってくるような気がする」

陽月の勘が当たるかどうかは不明だが、さほど急ぐ用件でもないと思い直し、なるほどとうなずいてみせた。

「ふぁ――――っ」

先ほどよりも盛大な欠伸が出てしまい、咄嗟に両手で口を押さえる。

「そなた、少し寝たほうがいいぞ」

呆れたように笑った陽月が、優しく抱きしめてきた。

大きな身体にすっぽりと包まれる心地よさに、すぐさま胸に頬を預ける。

耳に伝わってくる陽月の静かな鼓動に、頑張って起きていようという気持ちが一気に失せていく。

「そなたの大好きな尾だ」

柔らかな毛で頬や首筋をくすぐってくる。

誰かに見られたら大変なことになるのにと思いながらも、抗い難い眠気に襲われている裕夢はふさふさの尻尾を無意識に抱きしめた。

「いい子だ」

あやすように背をさすられ、こくりこくりと船を漕ぎ出す。
柔らかな尻尾に顔を埋めた裕夢は、いつしか深い眠りの底へと引き込まれていた。

あとがき

みなさまこんにちは、伊郷《いごう》ルウです。

このたびは『天狐は花嫁を愛でる』をお手にしていただき、誠にありがとうございます。

本作はケモミミ・ファンタジーとなっております。主役は狐でして、脇役にイタチと龍が登場します。あっ、龍はケモミミとは違うかな？　でも、主役がもふもふの狐なのでよしとしましょう。

とにかく格好いいケモミミの〈攻〉を書きたくて、狐の神様の登場していただきました。お相手の〈受〉は、わけあって田舎暮らしをしていますが、東京生まれの現代っ子。そんな子が、あり得ない世界にどっぷりとはまっていく様子を楽しんでいただければと思います。脇役もかなり可愛かったり、格好よかったりします。一冊で二度美味しいを目指してみました。

本作のイラストは明神《みょうじん》翼《つばさ》先生が担当してくださいました。

お忙しい中、美麗なイラストの数々を描いてくださった明神先生には、心よりの御礼申し上げます。
帯に隠れている脇キャラが可愛くて大好きです！　本当にありがとうございました。

伊郷ルウ

二〇一六年　夏

Cocktail Kiss Label

カクテルキス文庫をお買い上げいただきありがとうございます。
先生方へのファンレター、ご感想は
カクテルキス文庫編集部へお送りください。

〒101-0051　東京都千代田区神田神保町2丁目7　芳賀書店ビル6F
株式会社Jパブリッシング　カクテルキス文庫編集部
「伊郷ルウ先生」係 ／「明神　翼先生」係

◆カクテルキス文庫HP◆ http://www.j-publishing.co.jp/cocktailkiss/

天狐は花嫁を愛でる

2016年8月30日　初版発行

著　者　伊郷ルウ

発行人　芳賀紀子
発行所　株式会社Jパブリッシング
〒101-0051　東京都千代田区神田神保町2丁目7
芳賀書店ビル6F
TEL　03-4332-5141
FAX　03-4332-5318
印刷所　中央精版印刷株式会社

ISBN978-4-908757-20-4　Printed in JAPAN